橇
豚群

kuroshima denji
黒島伝治

講談社文芸文庫

JN166692

目次

毳・豚群

電報

一

源作の息子が市《まち》の中学校の入学試験を受けに行っているという噂が、村中にひろまった。源作は、村の貧しい、等級割一戸前も持っていない自作農だった。地主や、醤油屋の坊っちゃん達なら、東京の大学へ入っても、当然で、何も珍らしいことはない。噂の種にもならないのだが、ドン百姓の源作が、息子を、市の学校へやると云うことが、村の人々の好奇心をそそった。

源作の嚊《かかあ》の、おきのは、隣家へ風呂を貰いに行ったり、念仏に参ったりすると、「お前とこの、子供は、まあ、中学校へやるんじゃないかいな。銭《ぜに》が仰山《ぎょうさん》あるせになんぼでも入れたらえいわいな。ひひひひ。」と、他の内儀《おかみ》達に皮肉られた。

二

おきのは、自分から、子供を受験にやったとは、一と言も喋《しゃべ》らなかった。併し、息子の出発した翌日、既に、道辻で出会った村の人々はみなそれを知っていた。

最初、

「まあ、えら者にしようと思うて学校へやるんじゃぁろう。」と、他人から云われると、おきのは、肩身が広いような気がした。嬉しくもあった。

「あんた、あれが行たんを他人《ひと》に云《い》うたん?」と、彼女は、昼飯の時に、源作に訊ねた。

「いいや。俺は何も云いやせんぜ。」と源作はむしむしした調子で答えた。

「そう。……けど、早や皆な知って了うとら。」

「ふむ。」と、源作は考えこんだ。

源作は、十六歳で父親に死なれ、それ以後一本立ちで働きこみ、四段歩ばかりの畠と、二千円ほどの金とを作り出していた。彼は、五十歳になっていた。若い時分には、二三万円の金をためる意気込みで、喰い物も、ろくに食わずに働き通した。併し、彼は最善を尽して、ようよう二千円たまったが、それ以上はどうしても積りそうになかった。そしてもう彼は人生の下り坂をよほどすぎて、精力も衰え働けなくなって来たのを自ら感じていた。十六からこちらへの経験によると、彼が困難な労働をして僅かずつ金を積んで来ているのに、醬油屋や地主は、別に骨の折れる仕事もせず、沢山の金を儲けて立派な暮しを立てていた。また彼と同年だった、地主の三男は、別に学問の出来る男ではなかったが、金のお蔭で学校へ行って今では、金比羅《こんぴら》さんの神主になり、うまうまと他人から金をまき上げている。彼と同年輩、または、彼より若い年頃の者で、学校へ行っていた時分には、彼よりよほど出来が悪るかった者が、少しよけい勉強をして、読み書きが達者になった為めに、今では、醬油会社の支配人になり、醬油屋の番頭になり、または小学校の校長になって、村でえらばっている。そして、彼はそういう人々に対して、頭を下げねばならなかった。彼はそういう人々の支配を受けねばならなかった。そういう人々が村会議員になり勝手に戸数割をきめているのだ。

百姓達は、今では、一年中働きながら、饉《う》えなければならないようになった。畠の収穫物の売上げは安く、税金や、生活費はかさばって、差引き、切れこむばかりだった。そうかといって、醬油屋の労働者になっても、仕事がえらくて、賃銀は少なかった。が今更、百姓をやめて商売人に早変りをすることも出来なければ、醬油屋の番頭になる訳にも行かない。しかし息子を、自分がたどって来たような不利な立場に陥入れるのは、彼れには忍びないことだった。

二人の子供の中で、姉は、去年隣村へ嫁《かた》づけた。あとには弟が一人残っているだけだ。

幸い、中学へやるくらいの金はあるから、市《まち》で傘屋をしている従弟に世話をして貰って、安くで通学させるつもりだった。

「具合よく通ってくれりゃえいがなあ。」と彼は茶碗を置いて云った。

「そりゃ、通るわ。一年からずっと一番ばかりでぬけて来たんじゃもの。」と、おきのは源作の横広い頭を見て云った。胡麻塩《ごましお》の頭髪は一カ月以上も手入れをしないので長く伸び乱れていた。

「いいや、それでも市に行きゃえらい者が多いせにどうなるやら分らんて。」

「毎朝、私、観音様にお願を掛けよるんじゃものきっと通るわ。」

源作は、それには答えなかった。彼は、息子が中学を卒業して、高等工業へ入って、出ると、工業試験場の技師になり、百二十円の月給を取るのを想像していた。

三

市の従弟から葉書が来た。息子は丈夫で元気が好いと書いてあった。県立中学は、志願者が非常に多いと云って来た。市内の小学校を出た子供は、先生が六カ月も前から、肝煎《きもい》って受験準備を整えている上に、試験場でもあわてずに落ちついて知って居るだけを書いて出すが、田舎から出て来た者は、そういう点で二三割損をする。もっとも、この子はよく出来るということだから、通ることは通るだろうが、と書いてあった。

「通ったらえらいものじゃがなあ。」源作は、葉書を嚊《かかあ》に読んできかせた後、こう云った。

「もっと熱心にお願をするわ。」

こういうことを、神仏に願っても、効くものでない、と常々から思っている源作も、今は、妻の言葉を退ける気になれなかった。

源作が野良仕事に出ている留守に、おきのの叔父が来た。

「そちな、子供を中学校へやったと云うじゃないかいや。一体、何にする積りどいや」と叔父は、磨りちびてつるつるした縁側に腰を下して、おきのに訊ねた。

「あれを今、学校をやめさして、働きに出しても、そんなに銭はとれず、そうすりゃ、あれの代になっても、また一生頭が上がらずに、貧乏たれで暮さにゃならんせに、今、ちいと物入れて学校へでもやっといてやったら、また何ぞになろうと思うていない。」と、おきのは答えた。

「ふむ。そりゃ、まあえいが、中学校を上ったって、えらい者になれやせんぜ。」

「うちの源さん、まだ上へやる云いよらあの。」

「ふむ。」と、叔父は、暫らく頭を傾けていた。

「庄屋の旦那が、貧乏人が子供を市《まち》の学校へやるんをどえらい嫌うとるんじゃせにやっても内所《ないしょ》にしとかにゃならんぜ。」と、彼は、声を低めて、しかも力を入れて云った。

「そうかいな。」

「誰《た》れぞに問われたら、市へ奉公にやったと云うとくがえいぜ。」

「はあ。」

「ようく、気をつけにゃならんぜ……」と叔父は念をおした。そして、立って豚小屋を見に行った。

「この牝《めす》はずかずか肥えるじゃないかいや。」

親豚は、一カ月程前に売って、仔豚のつがいだけ飼っている。その牝の方を指して叔父はそう云った。

「はあ。」と、おきのは云って、彼女も豚小屋の方へ行った。

「豚を十匹ほど飼うたら、子供の学資くらい取られんこともないんじゃがな、……何にせ、ここじゃ、貧乏人は上の学校へやれんことにしとるせに、奉公にやったと云うとかにゃいかんて。」と、叔父は繰り返した。

おきのは、叔父の注意に従って、息子のことを訊ねられると、傘屋へ奉公に出したと云った。併し、村の人々は、彼女の言葉を本当にしなかった。でも、頑固に、「いいえいな、家《うち》に、市の学校へやったりするかいしょうがあるもんかいな。食うや食わずじゃのに、奉公に出したんにきまっとら。」と、彼女は云い張った。

が、人々は却って皮肉に、

「お前んとこにゃ、なんぼかこれが（と拇指《おやゆび》と示指《さしゆび》とで円《ま》るものをこしらえて、）あるやら分らんのに、何で、一人息子を奉公やかいに出したりすらあ！　学校へやったんじゃが、うまいこと嘘をつかあ、……まあ、お前んとこの子供はえらいせに、旦那さんにでもなるわいの、ひひひ……。」

おきのは、出会《でくわ》した人々から、嫌味を浴せかけられるのがつらさに、

「もういっそ、やめさして、奉公にでも出すかいの。」と源作に云ったりした。

「奉公やかい。」と、源作は、一寸冷笑を浮べて、むしむしした調子で、「己等《おれら》一代はもうすんだようなもんじゃが、あれは、まだこれからじゃ。少々の銭を残してやるよりや、教育をつけてやっとく方が、どんだけ為めになるやら分らせん。村の奴等が、どう云おうがかもうたこっちゃない。庄屋の旦那に銭を出して貰うんじゃなし、俺が、銭を出して、俺の子供を学校へやるのに、誰に気兼ねすることがあるかい。」

おきのは、叔父の話をきいたり、村の人々の皮肉をきいたりすると、息子を学校へやるのが良くないような気がするのだったが、源作の云うことをきくと、源作に十二分の理由があって、簡単、明瞭で、他《ほか》から文句を云う余地はないように思われた。

四

試験がすんで、帰るべき筈の日に、おきのは、停車場《ていしゃば》へ迎えに行った。彼女は、それぞれ試験がすんで帰ってくる坊っちゃん達を迎えに行っている庄屋の下婢《げじょ》や、醤油屋の奥さんや、呉服屋の若旦那やの眼につかぬように、停車場の外に立って息子を待っていた。彼女は、自分の家《うち》の地位が低いために、そういう金持の間に伍することが出来ないように、自から、卑下していた。そして、また、実際に、穢いドン百姓の鼻と見下げられていた。

やがて、汽車が着くと、庄屋や、醤油屋や、呉服屋などの坊っちゃん達が降りて来た。

「お母あさん。」と、醤油屋の坊っちゃんは、プラットホームに降りると、すぐ母を見つけて、こう叫びながら、奥さんのいる方へ走りよった。片隅からそれを見ていたおきのは、息子から、こうなれなれしく、呼びかけられたら、どんなに嬉しいだろうと思った。

「坊っちゃんお帰り。」と庄屋の下婢は、いつもぽかんと口を開けている、少し馬鹿な庄屋の息子に、叮嚀《ていねい》にお辞儀をして、信玄袋を受け取った。

おきのは、改札口を出て来る下車客を、一人一人注意してみたが、彼女の息子はいなかった。確かに、今、下車した坊っちゃん達と一緒に、試験がすんで帰って来る筈だった。村をたって行った日は異《ちが》っていたが、学校は同じだった。彼女は、乗り越したのではあるまいかと心配しながら、なお立って、停車場の構内をじろじろ見廻した。

「僕、算術が二題出来なんだ。国語は満点じゃ。」醤油屋の坊っちゃんは、あどけない声で奥さんにこんなことを云いながら、村へ通じている県道を一番先に歩いた。それにつづいて、下車客はそれぞれ自分の家へ帰りかけた。

「谷元は、皆な出来た云いよった。……」こういう坊っちゃんの声も聞えた。谷元というのは源作の姓である。

おきのは、走りよって、息子のことを、訊ねてみたかったが、醤油屋へ、良人《おっと》の源作が労働に行っていたのを思い出して、なお卑下して、思い止まった。

停車場には、駅員の外、誰れもいなくなった。おきのは、悄々《しおしお》と、帰りかけた。彼女は、一番あとから、ぼつぼつ行っている呉服屋の坊っちゃんに、息子のことを訊ねようと考えた。坊っちゃんは、兄の若旦那と、何事か——多分試験のことだろう——話しあって笑っていた。あの話がすんだら、近づいて訊ねよう、とおきのは心で考えた。うっかりして乗り越すようなあれじゃないが、……彼女は一方でこんなことも思った。

若旦那の方に向いて、しきりに話している坊っちゃんの顔に、彼女は注意を怠らなかった。そして、話が一寸中断したのを見計らって、急に近づいて、息子のことをきいた。

「谷元はまだ残っとると云いよった。」と、坊っちゃんは、彼女に答えた。

「試験はもうすんだんでござんしょうな。」

「はあ、僕等と一緒にすんだんじゃが、谷元はまだほかを受ける云いよった。」

「そうでござんすか。どうも有りがとうさん。」と、おきのは頭を下げた。彼女は若旦那に顔を見られるのが妙に苦るしかった。

翌日の午後、従弟から葉書が来た。県立中学に多分合格しているだろうが、若し駄目だったら、私立中学の入学試験を受けるために、成績が分るまで子供は帰らせずに、引きとめている。ということだった。

「もう通らなんだら、私立を受けさしてまで中学へやらいでもえいわやの。家のような貧乏たれに市《まち》の学校へやって、また上から目角《めかど》に取られて等級でもあげられたら困らやの。」と、おきのは源作に云った。

源作は黙っていた。彼も、私立中学へやるのだったら、あまり気がすすまなかった。

五

村役場から、税金の取り立てが来ていたが、丁度二十八日が日曜だったので、二十九日に、源作は、銀行から預金を出して役場へ持って行った。もう昨日か、一昨日かに村の大部分が納めてしまったらしく、他に誰れも行っていなかった。収入役は、金高を読み上げて、二人の書記に算盤《そろばん》をおかしていた。源作は、算盤が一と仕切りすむまで待っていた。

「おい、源作！」

ふと、嗄《しわが》れた、太い、力のある声がした。聞き覚えのある声だった。それは、助役の傍に来て腰掛けている小川という村会議員が云ったのだ。

「はあ。」と、源作は、小川に気がつくと答えた。小川は、自分が村で押しが利く地位にいるのを利用して、貧乏人や、自分の気に食わぬ者を困らして喜んでいる男であった。源作は、頼母子講《たのもしこう》を取った、抵当に、一段二畝《せ》の畑を書き込んで、其の監査を頼みに、小川のところへ行った時、小川に、抵当が不十分だと云って頑固にはねつけられたことがあった。それ以来、彼は小川を恐れていた。

「源作、一寸、こっちへ来んか。」

源作は、呼ばれるままに、恐る恐る小川の方へ行った。

「源作、お前は今度息子を中学へやったと云うな。」肥った、眼に角のある、村会議員は太い声で云った。

「はあ、やってみました。」

「わしは、お前に、たってやんなとは云わんが、労働者《はたらきど》が、息子を中学へやるんは良くないぞ。人間は中学やかいへ行っちゃ生意気になるだけで、働かずに、理屈ばっかしこねて、却って村のために悪い。何んせ、働かずにぶらぶらして理屈をこねる人間が一番いかん。それに、お前、お前はまだこの村で一戸前も持っとらず、一人前の税金も納めとらんのじゃぞ。子供を学校へやって生意気にするよりや、税金を一人前納めるのが肝心じゃ。その方が国の為めじゃ。」と小川は、ゆっくり言葉を切って、じろりと源作を見た。

源作は、ぴくぴく唇を顫わした。何か云おうとしたが、小川にこう云われると、彼が前々から考えていた、自分の金で自分の子供を学校へやるのに、他に容喙《ようかい》されることはないという理由などは全く根拠がないように思われた。

「税金を持って来たんか。」

「はあ、さようで……」

「それそうじゃ。税金を期日までに納めんような者が、お前、息子を中学校へやるとは以ての外じゃ。子供を中学やかいへやるのは国の務めも、村の務めもちゃんと、一人前にすましてからやるもんじゃ。――まあ、そりゃ、お前の勝手じゃが、兎《と》に角《かく》今年から、お前に一戸前持たすせに、そのつもりで居れ。」

小川は、なお、一と時、いかつい眼つきで源作を見つめ、それから怒っているようにぷいと助役の方へ向き直った。収入役や書記は、算盤《そろばん》をやめて源作の方を見ていた。源作は感覚を失ったような気がした。

彼は、税金を渡すと、すごすご役場から出て帰った。

昼飯の時、

「今日は頭でも痛いんかいの。」と、おきのは彼の憂鬱に硬ばっている顔色を見て訊ねた。彼は黙って何とも答えなかった。

飯がすんで、二人づれで畠へ行ってから、おきのは、

「家のような貧乏たれに、市の学校やかいへやるせに、村中大評判じゃ。始めっからやらなんだらよかったのに。」と源作に云った。

源作は何事か考えていた。

「もう県立へ通らなんだら、私立へはやるまいな。早よ呼び戻したらえいわ。」

「うむ。」

「分《ぶん》に過ぎるせに、通っとっても、やらん方がえいじゃけれど……」とおきのは独言《ひとりご》った。

暫らくして、

「そんなら、呼び戻そうか。」と源作は云った。

「そうすりゃえいわ。」おきのはすぐ同意した。

源作は畠仕事を途中でやめて、郵便局へ電報を打ちに行った。

「チチビヨウキスグカエレ」

いきなりこう書いて出した。

帰りには、彼は、何か重荷を下したようで胸がすっとした。

息子は、びっくりして十一時の夜汽車であわてて帰って来た。

三日たって、県立中学に合格したという通知が来たが、入学させなかった。

息子は、今、醤油屋の小僧にやられている。

二銭銅貨

一

独楽《こま》が流行《はや》っている時分だった。弟の藤二がどこからか健吉が使い古した古独楽を探し出して来て、左右の掌《てのひら》の間に三寸釘の頭をひしゃいで通した心棒を挟んでまわした。まだ、手に力がないので一生懸命にひねっても、独楽は少しの間立って廻《ま》うのみで、すぐみそすってしまう。子供の時から健吉は凝り性だった。独楽に磨きをかけ、買った時には、細い針金のような心棒だったのを三寸釘に挿しかえた。その方がよく廻って勝負をすると強いのだ。もう十二三年も前に使っていたものだが、ひびきも入っていず、黒光りがして、重く如何にも木質が堅そうだった。油をしませたり、蠟を塗ったりしたものだ。今、店頭で売っているものとは木質からして異《ちが》う。

しかし、重いだけ幼い藤二には廻し難かった。彼は、小半日も上り框《かまち》の板の上でひねっていたが、どうもうまく行かない。

「お母《かあ》あ、独楽の緒を買うて。」藤二は母にせびった。

「お父うにきいてみイ。買うてもえいか。」

「えい云うた。」

母は、何事にもこせこせする方だった。一つは苦しい家計が原因していた。彼女は買ってやることになっても、なお一応、物置きの中を探して、健吉の使い古しの緒が残っていないか確めた。

川添いの小さい部落の子供達は、堂の前に集った。それぞれ新しい独楽に新しい緒を巻いて廻して、二ツをこちあてあって勝負をした。それを子供達はコッツリコと云った。緒を巻いて力を入れて放って引くと、独楽は澄んで廻りだす。二人が同時に廻して、代り代りに自分の独楽を相手の独楽にこちあてる。一方の独楽が、みそをすって消えてしまうまでつづける。先に消えた方が負けである。

「こんな黒い古い独楽を持っとる者はウラ（自分の意）だけじゃがの。独楽も新しいのを買うておくれ。」藤二は母にねだった。

「独楽は一ツ有るのに買わいでもえいがな。」と母は云った。

「ほいたって、こんな黒いんやかい……皆なサラを持っとるのに！」

以前に、自分が使っていた独楽がいいという自信がある健吉は、

「阿呆云え、その独楽の方がえいんじゃがイ！」と、なぜだか弟に金を出して独楽を買ってやるのが惜しいような気がして云った。

「ううむ。」

兄の云うことは何事でも信用する藤二だった。

「その方がえいんじゃ、勝負をしてみい。それに勝つ独楽は誰れっちゃ持っとりゃせんのじゃ。」

そこで独楽の方は古いので納得した。しかし、母と二人で緒を買いに行くと、藤二は、店頭の木箱の中に入っている赤や青で彩った新しい独楽を欲しそうにいじくった。

雑貨店の内儀《おかみ》に緒を見せて貰いながら、母は、

「藤よ、そんなに店の物をいらいまわるな。手垢で汚れるがな。」と云った。

「いいえ、いろうたって大事ございませんぞな。」と内儀は愛相を云った。

緒は幾十条も揃えて同じ長さに切ってあった。その中に一条《すじ》だけ他《ほか》のよりは一尺ばかり短いのがあった。スンを取って切って行って、最後に足りなくなったものである。

「なんぼぞな？」

「一本、十銭よな。その短い分なら八銭にしといてあげまさ。」

「八銭に……」

「へえ。」

「そんなら、この短いんでよろしいワ。」

そして母は、十銭渡して二銭銅貨を一ツ釣銭に貰った。なんだか二銭儲けたような気がして嬉しかった。

帰りがけに藤二を促すと、なお、彼は箱の中の新しい独楽をいじくっていた。他から見ても、如何にも、欲しそうだった。しかし無理に買ってくれともよく云わずに母のあとからついて帰った。

二

隣部落の寺の広場へ、田舎廻りの角力が来た。子供達は皆んな連れだって見に行った。藤二も行きたがった。しかし、丁度稲刈りの最中だった。のみならず、牛部屋では、鞍をかけられた牛が、粉ひき臼をまわして、くるくる、真中の柱の周囲を廻っていた。その番もしなければならない。

「牛の番やかいドーナリャ！」いつになく藤二はいやがった。彼は納屋の軒の柱に独楽の緒をかけ、両手に端を持って引っぱった。

「そんなら雀を追いに来るか。」

「いいや。」

「そんなにキママを云うてどうするんぞいや！　粉はひかにゃならず、稲にゃ雀がたかりよるのに！」母は、けわしい声をだした。

藤二は、柱と綱引きをするように身を反《そ》らして緒を引っぱった。暫らくして、小さい声で、

「皆な角力を見に行くのに！」と云った。

「うちらのような貧乏タレにゃ、そんなことはしとれゃせんのじゃ！」

「ええい。」がっかりしたような声でいって、藤二はなお緒を引っぱった。

「そんなに引っぱったら緒が切れるがな。」

「ええい。皆のよれ短いんじゃもん！」

「引っぱったって延びせん――そんなことしよったらうしろへころぶぞ！」

「ええい延びるんじゃ！」

そこへ父が帰って来た。

「藤は、何ぐずぐず云よるんぞ！」藤二は睨みつけられた。

「そら見い、叱らりょう。――さあ、牛の番をしよるんじゃぞ！」

母はそれをしおに、こう云いおいて田へ出かけてしまった。

父は、臼の漏斗に小麦を入れ、おとなしい牛が、のそのそ人の顔を見ながら廻っているのを見届けてから出かけた。

藤二は、緒を買って貰ってから、子供達の仲間に入って独楽を廻しているうちに、自分の緒が他人のより、大分短いのに気づいた。彼は、それが気になった。一方の端を揃えて、較べると、彼の緒は誰のに比しても短い。彼は、まだ六ツだった。他の大きい学校へ上っている者とコッツリコをするといつも負けた。彼は緒が短いためになお負けるような気がした。そして、緒の両端を持って引っぱるとそれが延びて、他人のと同じようになるだろうと思って、しきりに引っぱっているのだった。彼は牛の番をしながら、中央の柱に緒をかけ、その両端を握って、緒よ延びよとばかり引っぱった。牛は彼の背後をくるくる廻った。

三

健吉が稲を苅っていると、角力を見に行っていた子供達は、大勢群がって帰って来た。彼等は、帰る道々独楽を廻していた。

それから暫らく親子は稲を苅りつづけた。そして、太陽が西の山に落ちかけてから、三人は各々徒荷《かちに》を持って帰った。

「牛屋は、ボッコひっそりとしとるじゃないや。」

「うむ。」

「藤二は、どこぞへ遊びに行《い》たんかいな。」

母は荷を置くと牛部屋をのぞきに行った。と、不意に吃驚《びっくり》して、

「健よ、はい来い！」と声を顫わせて云った。

健吉は、稲束《いなたば》を投げ棄てて急いで行って見ると、番をしていた藤二は、独楽の緒を片手に握ったまま、暗い牛屋の中に倒れている。頚がねじれて、頭が血に染っている。

赤牛は、じいっと鞍を背負って子供を見守るように立っていた。竹骨の窓から夕日が、牛の眼球に映っていた。蝿が一ツ二ツ牛の傍でブンブン羽をならしてとんでいた。……

「畜生！」父は稲束を荷って帰った六尺棒を持ってきて、三時間ばかり、牛をブンなぐりつづけた。牛にすべての罪があるように。

「畜生！　おどれはろくなことをしくさらん！」

牛は恐《おそ》れて口から泡を吹きながら小屋の中を逃げまわった。

鞍は毀《こわ》れ、六尺は折れてしまった。


それから三年たつ。

母は藤二のことを思い出すたびに、

「あの時、角力を見にやったらよかったんじゃ！」

「あんな短い独楽の緒を買うてやらなんだらよかったのに！——緒を柱にかけて引っぱり

よって片一方の端から手がはずれてころんだところを牛に踏まれたんじゃ。あんな緒を買うてやるんじゃなかったのに！　二銭やこし仕末をしたってなんちゃになりゃせん！」といまだに涙を流す。……

盂蘭盆前後

一

百姓達は、野良仕事の関係から、七月にはお盆をする運びにならなかった。もう十年も前から、太陽暦によるように、お上からやかましく云われ、伊勢から出る暦にも、高島易断所から出る暦にも旧暦の日取りは記載されていなかったが、それでも彼等は、月の満虧《みちかけ》によって、時日を知っていた。

六月に這入《はい》って、麦の苅入れにかかり、実を稈《から》から打ち落して、篩い分け、乾燥して、俵につめていると、もう七月が来ていた。麦を苅り取ったあとへ、粟や黍や、唐黍、胡麻など、夏ものも仕付けなければならなかった。ちゆう前後までには田植えをしなければならなかった。たとえ、空梅雨だとは云え、かなり水分を吸収している畠には、七八日も油断していようものなら、雑草がはびこって肝心な作物を圧迫した。

百姓達は、そういう田植えの仕事を打ちゃって、お盆をするという気持にはなれなかった。従って、踊ったり、墓参りをしたり、心身を寛ろげて休養するのは、どうしても、八月に入ってからにならざるを得なかった。

野良仕事が少しひまになって来ると、村の青年や、娘達やが、寺の前の広場に集って、毎晩、盆踊りの稽古をやりだした。既に、広場の真中に櫓《やぐら》を建て、そこで音頭を取ったり、太鼓や三味線を鳴らしたりした。

健二は、晩に、海岸の方へ涼みに出たついでに、二三回、寺の広場へ、まわって行って見た。主として、若いまだ学校へ上っている娘達が集っていた。彼女等は、櫓の周囲に円く一列になって、手に手に扇を持って躍っていた。中年の踊の先生と、三四人の助手とが、娘達が踊るのを直してやったり、型を踊って見せたりしたが、中央の櫓には青年達が音頭を取り、太鼓を叩いていた。そこには、百燭光の電燈がつけてあった。

娘達は、平常着《ふだんぎ》のままで、顔も、頭髪《かみ》も彩ってはいなかったが、夜の電燈のかげでは美しく見えた。粗末な、単衣《ひとえ》の下に、ふくよかな肉体が感じられた。

まだ稽古中であるにもかかわらず、見物に来ている者は、健二だけではなかった。醬油屋に働いている若者が、鐘つき堂の前で、踊っている娘の顔を無遠慮に批評したりしていた。

村の夜は退屈だった。それに宵のうちは蒸し暑かった。健二は、いつも夕飯をすませると、すぐ寝ることにしていたが、この頃は、蚊帳の中にはいっても、なかなか眠つかれなかった。もやもやむせるようで油汗がにじみ出た。そして、一度踊の稽古を見ると、それに味をつけて、二三度、寺の広場へやって行った。見物人は、やはり二三十人も来ていた。

踊りは、一種類だけではなかった。村に昔から伝わっている踊り方の外に、鰌《どじょう》すくいや、鴨緑江節も踊った。娘達は、扇を捨てて籠を持ったり、櫂をかついで出て来て、それを漕ぐ真似をしたりした。音頭も、太鼓の調子も踊りが変るにつれて変った。

「これがえい着物を着て、本式にやったら、まだまだ見ばえがするんじゃ。」

見物人は、こんなことを云いながら、眼前に踊っている娘達に見とれていた。

二

あと四日すればお盆だった。娘達は踊り衣《ぎ》を新調して、晴れの踊りの晩が来るのを待っていた。

ところが、ある朝、村の人々は、××銀行出張所の扉が閉って、向う一カ月間休業するという貼紙が出ているのに気づいた。

夜、寝るのがおそくなると、健二は、寝不足で頭が濁って、朝早く起きるのが大儀になった。そして、誰れも起しに来る者がないのをいいことにして、いつまでも寝ていた。彼の部屋は、主家からとび離れた納屋の方にあった。窓の下には、米や麦、薪、肥料などの仲買いをしている京吉の家があった。京吉は正直で小心な男だった。健二が寝床でうつらうつらしていると、京吉は、どっからかせわしそうに、自転車で帰って来て、やかましく誰れかと話していた。何か特別に忙しそうだった。それが窓を通して健二のところへよく伝わって来た。

「健二、起きとるんか?」

寝たまま眼を開けてぼんやりしていると、珍らしく父が外から障子を開けて顔を出した。

「ああ。」健二は起きかけた。

「銀行がつぶれたという話じゃが、われ行《い》て一寸、様子を見てこい。」

「つぶれやすまい。」

「いいや、戸を閉めとるんじゃとい。」と父は眼をしょぼしょぼさした。「――でも、ひょっとすると、裏から廻ったらまだ払い戻して呉れるやら知れんせに、これを持って行て見い。」と、懐から通帳を出した。

父は六十に近かった。十三の時に祖父がなくなって以来、彼は、もう五十年ばかりも、受け継いだ田畑を作っていた。百姓から這入って来る収益は極く僅かなものだった。家では、ふだん、麦飯を食った。そして、二十銭、三十銭という些細な金を節約して貯えていた。で、そうしてためた金が、銀行がつぶれて不有に帰するのは、随分な痛手であるのは云うまでもなかった。

「盆節季が来とるのに、銭が出せなんだら、払いも出来やせん！」彼は、暫らく健二の部屋に立っていて嘆息した。

「それじゃ、村中大騒動だろう。」

「今年の盆にゃ、素麵《そうめん》も食えんぞ。」と、父は真面目に云った。

窓の下の京吉の家では、なお、せわしそうな話がつづいていた。彼がかなりの金を持っているのは村中に知れていた。

「預けた銭を戻して呉れんのなら、銀行の机や、戸障子を外して取って来てやれい！」

窓からのぞくと、京吉の母が、白髪をがさがさに乱して門のところで云っていた。

京吉の女房は、薄いカタビラを着て、裸体《はだか》の子供を負んぶしていた。そして、婆さんと並んで京吉の前に立っていた。

「机や金庫を取ったって、利子にも足りゃせん。」

京吉は途方に暮れたような様子だった。

「おどれ銀行の奴めが！……こっちに苦労の秋をつくしてためた銭を、むざむざと取りやがって、いずれ罰があたるんじゃ！」

婆さんは、お歯黒に染った歯をむき出して金切声を出した。

三

朝飯をすますと、健二は、父から渡された通帳を持って、店舗の並んでいる通りへ様子を見るために出かけて行った。これまでに健二が見聞したところによると、銀行は向う一カ月間休業と云っても、決して一カ月きっちりで扉《ドア》を開けて支払いを開始するものではなかった。まず、預金は払戻して貰えるにしても、いつのことか分らぬものと覚悟しなければならなかった。今、弟が夏休みで帰っているが、九月に上京する時には、学資をどうして都合するか——健二は、そんなことを心配したりした。

村には、××銀行の出張所があるばかりだった。村民は、金を預けるには、隣村の三等郵便局まで持って行くか、或は、出張所へ行くより外に方法がなかった。郵便局は、預入れる時には、喜んで受付けて呉れるが、払戻す段になると、本人でなければいけないとか、受領書の書き方が悪いとか云って、やかましいので、人々は、近くて便利だという関係もあって、たいてい銀行の方へ行っていた。彼等が、小遣い銭を節約した僅かな金まで銀行へ持って行かれてあった。——それだけに彼等は、ひどく狼狽していた。

出張所には、固い鉄の扉《ドア》が閉されてあった。四五人がその前に立って、貼紙を見たり、硝子窓から、中をのぞいたり、窓に爪を立てて障子をこぜ開けようとしていたりした。

　頭に手拭の鉢巻をした小男は、硝子が毀れる程窓をトントン叩いた。

「そんなにしたって、ここにゃ帳簿も金も置いて有りゃせんぞよ！」はしっこい、一寸手におえないような給仕が裏の方から出て来て云った。

「じゃどうしたんだ？」

「何もかも、ゆうべ本店へ持って行っちゃったんじゃ。」

「畜生！　山師！」鉢巻の男は、歯切りをした。「何で貴様は、それを黙って見ていたんだ？……ひっぱたいて呉れるぞ！」

　彼は給仕の方へ腕を振り上げて詰めよった。

「おっと、どっこい。殴られてなるもんか。」給仕は跳ね上るようにして飛び退《の》いた。

「武二、――ほんまに、もう銭は出して呉れんのけえ？」給仕をよく知っているらしい伊兵衛のおばさんが親しげに近づいて行った。

「うむ。」

「でも、ちっとやそこら、銭を置いて有りゃせんのけえ？」

「いいや。」給仕は、裏口の方へ引っこんで行った。おばさんは給仕について行った。

　そこにいた四五人の者も裏口の方へ押しよせた。

　健二は、鉄の扉の前に立っていた。

「にいさん、もうたった五円か十円でも出して呉れんのですかいな?」

汚れ手拭をかむった、少し腰の曲った婆さんが通帳を手に握って、健二のところへ来て訊ねた。

「ええ、出しちゃ呉れますまい。」

「銀行がつぶれたって、まだ五円や十円はそこらに有りそうなもんじゃがな。」

「さあ。」

四

折角、あてにして、たのしみに待っていた盆踊りが取りやめになった。娘達は、踊りの衣装をこしらえたが、その代金が払えなくて困っているということだった。家々では、盆節季の支払いもきっぱりすますことが出来なかった。精霊を迎える準備の買い物もろくにしなかった。

健二は母が、米の粉や粟で団子をこしらえながら、どこそこにはいくら預けてあったとか、彼処には、三人の名前で五百円位いずつ定期にしてあったとか、等、噂をそのまま話すのを聞いていた。百姓は、皆な麦飯を食ってつづれを纏い、働き狂っているが、それぞれ案外に貯金をしているようだった。

近年、野良からの実入りは少ないので利にさといある者は、自給自足に必要なだけは残して爾余の田畑は売って金に換え、利子を取っている者もあった。そういう者が一番ひどい打撃を蒙っていた。

「新兵衛にゃ銭が仰山《ぎょうさん》有る云うてえらばっとったが、えい気味よ。」

母は、こんなことを云ったりした。

京吉は、当座の外に、二千円の定期預金がしてあった。

中には運よく、前日に二百円ほど払い戻して貰っている者もあった。また、田畑を抵当に入れて、借金をしている者もあった。その者は、銀行がつぶれると、借金を払わなくてもすむだろうと喜んだりしていた。

「銀行がつぶれたって、借金をこらえて呉れるもんか！」それを聞いて他の者はこう云った。

「だって、つぶれりゃ貸主がなくなってしまうじゃないか。」

「そんなことがあるかい！　ちゃんと銀行は貸しとる金は廻収して、それを預けとる者に分けてかえして呉れるんじゃ！」

これまでけじめをつけられていた家々の貧富の度あいが、がらりと変ったように健二には思われた。人々は通帳面に記載せられた金額が、動かぬ、確実なものだと思いこんで、それに頼っていたのであったが、今では、それは、泡沫にも等しい、あてにならないものだった。つい二三日前までは、通帳面の金額は必要に応じていつでも引き出してすきなことに使える確実なものだった。少くとも人々はそう思いこんでいたのであった。そして、そう信ずることによって、安心していたのであった。ところが、一枚の貼紙で、それががらりとひっくりかえされたのである。――もっとほかにも、人生には往々こんなことが有りそうに健二には思われた。吾々は、自分の足元をよく見ないから、のんきにしていられるが、何かの機会に、ふと自分の立っている処がはっきり分ると、そこが絶壁の端で、今にも谷底へ墜落しそうな恐怖と不安を感じずにはいられないものではあるまいか。――

「砂糖も、節句に買うたんが有りきりで辛抱して、足らんところは、塩餡《しおあん》でも我慢するんじゃ。」母は、団子に餡を入れながらこんなことを云った。

「砂糖を買う金がいりゃ俺のを出して来てもえい。」

健二は、軍隊で西伯利亜《シベリア》へ行っていた時分に、強制的に貯金をさせられたのが、出すのが面倒でそのまま置いてある郵便貯金の通帳を放り出した。

「三十四円か。」母は、帳面を見て、目のこ算をした。「……こりゃまたどんなことに要るやら知れんせに、大事にしもうとけ。」そして彼女は、大切そうにもとの通りに畳んで、健二の方へ戻した。

「使うたって、またそのうちになんとかなるだろう。」

「いいや、それゃしもうとけ！」彼女は頑固に拒んだ。

五

ある朝、窓の下の京吉の家で、婆さんが泣きぐるいになって、わめいているので健二は蒲団から這い出て、障子を細目に開けてのぞいて見た。

「うら等、ほしいものも、よう食わずに仕末をしたのに、われが、あんな銀行へ預けるせに取られてしまうんじゃ！　われがまどえ！」

婆さんは、両手で何かを掻きむしるようにして金切声を上げた。

「己《お》らじゃって、銀行がつぶれると知っとりゃ預けやせんのじゃ。」京吉は力なげに云った。

二人は主家《おもや》の前に立っていた。

「われがこしらえた銭《ぜに》は、どればも有りゃせんのじゃ。皆《みん》な爺さんが残して呉れたもんじゃ――それをむざむざと他人に取られてどうするぞい！」婆さんは涙声だった。

健二は机の上から眼鏡をとって掛けて見た。

婆さんが、白髪《しらが》をがさがさにして、萎《しな》びた肌には破れ襦袢《じゅばん》を引っかけているのが、はっきり見えた。京吉は鬚を長くして、蒼くやつれていた。つい四五日前までは元気で、一寸考え深そうな顔をしていたのであった。健二は、人間が金のためにどれだけ打ちひしがれるか、今更、まざまざと見せつけられたような気がした。

婆さんは、なお、愚痴を云いつづけていた。京吉は小心に、婆さんに弁解するのに困っているようだった。婆さんは、年が寄ってから一層気むずかしくなって、一寸何かあると、誰れかを摑まえて、がみがみ云わなければおかないようになっていると、健二は母からきいていた。多分今も、その癖が出ているのだろう。

「そない云うたって、怪我じゃもん、仕様があるもんか。うらじゃって、つぶれると知っとりゃ預けやせなんだんじゃ。」

京吉は弱々しそうに、こう繰りかえしていた。健二には、彼の姿が如何にも気の毒に思われた。

朝飯に台所へ行くと、健二は、家の者に今さっき見た話をした。

「京ちゃんは、商売が止まってしまいそうじゃ云うて、腹をいためとるんじゃとい。」と母は云った。「扱うた麦の銭も節季に払えなんだようじゃ。」

「ほう。」

「家にゃこの春、団栗《どんぐり》を売ったんじゃが、まだ銭を貰うとらんのじゃ。」

そこへ、墓参りに行っていた弟が帰って来た。

「今夜、踊りがあるそうだ。銀行がつぶれたあとでくよくよしたって、今更始まらないから、皆《みん》な踊るんじゃとい。」弟は土間へ手桶を置いて上って来た。

「うむ、それゃええ。」健二はつい気持が晴々しくなった。

六

寺の広場から踊りの音頭が、田畑を越えて家々に伝わって来た。踊子が囃したり、騒いだりするどよめきが、いかにも賑かそうだった。

稽古の時には、一ツだった百燭光の電燈が四ツともされていた。櫓を中心にして、踊子が廻る広場の上に、赤い提灯がずっと四方に吊された。そして、そういう光りは、遠くから見ると、広場の上にまではえて空を明るくしていた。

紅い手拭をかむった娘達は、日の丸の扇を持って、櫓の周囲を踊って廻った。それぞれ派手な、美しい踊り衣装を着けていた。稽古の時よりは、よほど美しかった。そして人数も多かった。

「……同じ阿呆なら踊らにゃ損だヨ。」娘達にまじって、白手拭をかむった婆さんが、よろよろしながら踊って廻ったりした。

柵の外には、沢山の見物人が押しあっていた。健二は、寺の廊下から見ていた。傍には沖から上って来た舟方が四五人立っていた。

「これゃなかなか踊り馴れとる。」と彼等のうちの一人が云った。

「あの手拭で顔をかくしとる女は、大分年が行っとるんだよ。」他の一人は、踊子を指しながら、こんなことを云ったりした。

丸い、大きな月が、寺の銀杏《いちょう》の梢に登って来ると、広場は一層明るくなった。音頭には、一としお張りあいが出て来た。太鼓や三味線はあたりに響き渡った。そうして、踊子は酔ったように夢中になって踊りつづけた。

健二は、いつまでも娘達が踊るのに見とれていた。十二時頃、家へ帰って寝床に這入ったが、扇を持った踊子の姿が脳裏に刻みつけられて、まだ、太鼓や三味線が耳にひびいて来るように思われた。身体がくたびれすぎて、却って寝つかれなかった。

「京吉ッ！　京吉ッ！」ふと、白髪《しらが》の婆さんが、こう呼ぶのが聞えて来た。

と、何か、空樽《あきだる》のようなものが転んで、土の上へバッタンと、重いものが落ちるような音がした。

「京吉ッ！　京吉ッ！」

婆さんは、懸命に叫んだ。

「健二さん！　健二さん！」窓の下からは、京吉の女房が、こう健二を呼び出した。

「どうしたんぞな？」

健二は障子を開けてきいた。

「健二さん！　健二さん！　来てお呉れ！　早《は》よ来てお呉れ！」

健二は、寝衣《ねまき》のままで、窓の下へ廻って行った。

京吉が納屋の庇《ひさし》で頸を吊りかけていたのであった。それが縄が切れて、彼はたたきの上で気絶していた。踏み台にしていた空樽は二間ほど向うへころんでいた。……

やがて、彼は蘇生したが、それから永いこと病床に就いた。

豚群

一

牝豚《めぶた》は、紅く爛《ただ》れた腹を汚れた床板の上に引きずりながら息苦しそうにのろのろ歩いていた。暫く歩き、餌を食うとさも疲れたように、麦藁《むぎわら》を短く切った敷藁の上に行って横たわった。腹はぶってりふくれている。時々、その中で仔が動いているのが外から分る。だいぶ沢山仔を持っていそうだ。健二はじっと柵にもたれてそれを見ながら、こういうやつを野に追い放っても大丈夫かな、とそんなことを考えていた。溝《どぶ》にでも落ると石崖の角で腹が破れるだろう。そういうことになると、家の方で困るんだが……。

問題が解決するまで、これからなお一年かかるか二年かかるか分らないが、それまでともかく豚で生計を立てねばならなかった。豚と云っても馬鹿にはならない。三十貫の豚が一匹あればツブシに売って、一家が一カ月食って行く糧《かて》が出るのだ。

ここ半年ばかり、健二は、親爺と二人で豚飼いばかりに専心していた。荷車で餌を買いに行ったり、小屋の掃除をしたり、交尾期が来ると、掛け合わして仔豚を作ることを考えたり、毎日、そんなことで日を暮した。おかげで彼の身体にまで豚の臭いがしみこんだ。風呂でいくら洗っても、その変な臭気は皮膚から抜けきらなかった。

もとは、小屋も小さく、頭数も少なくって、母が一人で世話をしていたものだった。親爺は主に畠へ行っていた。健二は、三里ほど向うの醤油屋街へ働きに出ていた。だが、小作料のことから、田畑は昨秋、収穫をしたきりで耕されず、雑草が蔓《はびこ》るままに放任されていた。谷間には、稲の切株が黒くなって、そのまま残っていた。部落一帯の田畑は殆んど耕されていなかった。小作人は、皆《み》な豚飼いに早替りしていた。

ただ、小作地以外に、自分の田畑を持っている者だけが、そこへ麦を蒔いていた。それが今では、三尺ばかりに伸びて穂をはらんでいる。谷間から丘にかけて一帯に耕地が固くなって荒れるがままにされている中に、その一隅の麦畑は青々と自分の出来ばえを誇っているようだった。

二

もう今日か明日のうちに腹から仔豚が出て来るかも知れんのだが、そういうやつを野ッ原へ追い放っても大丈夫だろうかな、無惨に豚を殺すことになりはしないか。腹が重く、動作がのろいんだが、健二はやはりこんなことを気遣った。

しかし、それはそれとして、今度の計画はうまく行くかな、やりしくじると困るんだ。


……


そこへ親爺が残飯桶を荷《にな》って登って来た。

「宇平ドンにゃ、今、宇一がそこの小屋へ来とるが、よその豚と間違うせに放すまい、云いよるが……。」と、親爺は云った。

健二は老いて萎《しな》びた父の方を見た。残飯桶が重そうだった。

「宇一は、だいぶ方々へ放さんように云うてまわりよるらしい。」親爺は、桶を置いて一と息してまた云った。

「ええ!?……裏切ってやがるな、あいつ!」健二は思わず舌打ちをした。

「放したところで、取られるものはどうせ取られるやら知れんのじゃ。」親爺は、宇一にさほど反感を持っていないらしかった。寧《むし》ろ、彼も放さない方がいい、とも思っているようだった。

「あいつの云うことを聞く者がだいぶ有りそうかな?」

「さあ、それゃ、中にゃ有るわい。やっぱりええ豚がよその痩せこつと変ったりすると自分が損じゃせに。」

「そんな、しかし一寸した慾にとらわれていちゃ仕様がない。……それじゃ、初めっから争議なんどやらなきゃええ。」健二はひとりで憤慨する口吻《こうふん》になった。

親爺は、間を置いて、

「われ、その仔はらみも放すつもりか?」と、眼をしょぼしょぼさし乍《なが》らきいた。

「うむ。」

「池か溝へ落ちこんだら、折角これだけにしたのに、親も仔も殺してしまうが……。」

「そんなこた、それゃ我慢するんじゃ。」健二は親爺にばかりでなく、自分にも云い聞かせるようにそう云った。

親爺は嘆息した。

柵をはずして、二人が糞に汚れた敷藁を出して新らしいのに換えていると、にやにやしながらいつも他人の顔いろばかり伺っている宇一がやって来た。

豚が新らしい敷藁を心地よがって、床板を蹴ってはねまわった。

「お主ンとこにゃちゃんと放す用意が出来とるかい?」と健二は相手を見た。

「ああ。」宇一はあいまいな返事だった。

「いざという場合に柵がはずれなんだりすると大変だぜ。俺等ちゃんと用意しとるんだ。」健二はわざと大仰《おおぎょう》に云った。それで相手の反応を見て、どういうつもりか推し測ろうとする考えだった。

宇一は、顔に、直接、健二の視線を浴びるのをさけた。暫らくして彼は変に陰気な眼つきで健二の顔をうかがいながら、

「お上に手むかいしちゃ、却ってこっちの為になるまいことい。」と、半ば呟くように云った。

地主は小作料の代りに、今、相場が高くって、百姓の生活を支える唯一の手だてになっている豚を差押えようとしていた。それに対して、百姓達は押えに来た際、豚を柵から出して野に放とう、そうして持主を分らなくしよう。こう会合できめたのであった。会の時には、一人の反対者もなかった。それがあとになって、自分の利益や、地主との個人的関係などから寝返りを打とうとする者が二三出て来たのであった。

宇一の家には、麦が穂をはらんで伸びている自分の田畑があった。また、よく肥大した種のいい豚を二十頭ばかり持っていた。豚を放てば自分の畠を荒される患《うれ》いがあった。いい豚がよその悪い種と換るのも惜しい。それに彼は、いくらか小金を溜めて、一割五分の利子で村の誰れ彼れに貸付けたりしていた。ついすると、小作料を差押えるにもそれが無いかも知れない小作人とは、彼は類を異にしていた。けれども、一家が揃って慾ばりで、宇一はなお金を溜るために健二などと一緒に去年まで町へ醤油屋稼ぎに行っていた。

村の小作人達は、百姓だけでは生計が立たなかった。で、田畑は年寄りや、女達が作ることにして、若い者は、たいてい町へ稼ぎに出ていた。健二もその一人だったのである。

彼は三年ほど前から町へ働きに出、家では、親爺や妹が彼の持って帰る金をあてにして待っていた。

醤油屋は村の田畑殆んどすべての地主でもあった。そして、町では、彼の傭主だった。

昨年、暮れのことである。

火を入れた二番口の醤油を溜桶に汲んで大桶《おおこが》へかついでいると、事務所から給仕が健二を呼びに来た。腕にかかった醤油を前掛でこすりこすり事務所へ行くと、杜氏《とうじ》が、都合で主人から暇が出た、――突然、そういうことを彼に告げた。何か仔細がありそうだった。

「どうしたんですか？」

「君の家の方へ帰って見ればすぐ分るそうだが……。」杜氏は人のいい笑いを浮べて、「親方は別に説明してやることはいらんと怒りよったが、なんでも、地子のことでごたごたしとるらしいぜ。」

「どういう具合になっとるんです？」

健二は顔を前に突き出した。――今年は不作だったので地子を負けて貰おう。取り入れがすんですぐ、その話があったのは彼も知っていた。それから、かなりごたごたしていた。が、話がどうきまったか、彼はまだ知らなかった。

杜氏は、話す調子だけは割合おだやかだった。彼は、

「お主の賃銀もその話が片づいてから渡すものは渡すそうじゃ、まあ、それまでざいへ去《い》

んで休んどって貰えやええ。」と云った。

「そいつは併し困るんだがなあ。賃銀だけは貰って行かなくちゃ！」

既に月の二十五日だった。暮れの節季には金がいるから十二月は日を詰めて働いたのであった。それに、前月分も半分は向うの都合でよこしていなかった。今、一文も渡さずに放り出すのは、あまりに悪辣《あくらつ》である。健二は暫らく杜氏と押問答をしたが、結局杜氏の云うがままになって、男部屋へ引き下った。そこでふだん着や、襦袢《じゅばん》や足袋など散らかっているものを集めて、信玄袋に入れ、帰る仕度をした。

「おや、君も暇が出たんか？」宇一が手を拭き乍ら這入《はい》って来た。

「うむ。……君もか？」

「……やちもないことになった。賃銀も呉れやせずじゃないか。……誰れが争議なんどやらかしたんかな。」彼は、既にその時から、傭主を憎むよりは、むしろ争議をやった仲間を恨んでいた。

「こんなずるい手段で来ると知っとりゃ、前から用意をしとくんじゃったのに……。」健二は自分の迂潤さを口惜しがった。

同じ村から来ている二三の連中が、暫らくして、狐につままれたように、間の抜けた顔をして這入って来た。

「おい、お主等、このままおとなしく引き上げるつもりかい！　馬鹿々々しい！」村に妻と子供とを置いてある留吉が云った。「皆な揃うて大将のとこへ押しかけてやろうぜ。こんな不意打を食わせるなんて、どこにあるもんか！」

彼等は、腹癒《はらい》せに戸棚に下駄を投げつけたり、障子の桟《さん》を武骨な手でへし折ったりした。この秋から、初めて、十六で働きにやって来た、京吉という若者は、部屋の隅で、目をこすって、鼻をすすり上げていた。彼の母親は寡婦で、唯一人、村で息子を待っているのであった。

「誰れが争議なんかおっぱじめやがったんかな。どうせ取られる地子は取られるんだ。」宇一は、勝手にぶつぶつこぼした。「こんなことをしちゃ却って、皆がひまをつぶして損だ。じっとおとなしくしとりゃええんだ。」

彼は儲けた金を家へすぐ送る必要がなかったので、醬油屋へそのまま、利子を取って貸したりしていた。悪くするとそれをかえして貰えない。宇一は、そんなことにまで気をまわしているのであった。

それを知っている健二はなおむかむかした。

「おい、お主等どうだい？」

ふと煤煙にすすけた格子窓のさきから、聞覚えのある声がした。

「おや、君等もやられたんか！」窓際にいた留吉は、障子の破れからのぞいて、びっくりして叫んだ。

そこには、他の醤油屋で働いていた同村の連中が、やはり信玄袋をかついで六七人立っていた。彼等も同様に、賃銀を貰わずに、追い出されたのであった。

三

ある朝、町からの往還をすぐ眼下に見おろす郷社の杜へ見張りに忍びこんでいた二人の若者が、息を切らし乍ら馳せ帰って来た。

「やって来るぞ！　気をつけろ！」

暫らくたつと、三人の洋服を着た執達吏が何か話し合いながら、村へ這入って来た。彼等は豚小屋に封印をつけて、豚を柵から出して、百姓が勝手に売買することを許さなくするためにやって来たのである。

百姓達は、それに対して若者が知らして帰ると共に、一勢に豚を小屋から野に放つことに申合せていた。

健二は、慌てて柵を外して、十頭ばかりを小屋の外へ追い出した。中には、外に出るのを恐れて、柵の隅にうずくまっているやつがあった。そういうやつには、彼は一と鞭を呉れてやった。すると、鈍感なセメント樽のような動物は割れるような呻きを発して、そこらにある水桶を倒して馳せ出た。腹の大きい牝豚は仲間の呻きに鼻を動かしながら起き上って、出口までやって来た。柵を開けてやると、彼女は大きな腹を地上に引きずりながら低く呻いてのろのろ外へ出た。

　裏の崖の上から丘の谷間の様子を見ていた留吉が、

「おい、皆目、追い出す者はないが、……宇一の奴、ほんとに裏切りやがったぞ！」

　と、小屋の中の健二に呼びかけた。

「まだ二十匹も出ていないが……。」

「ええ！」健二は自分の豚を出すのを急いだ。

「佐平にも、源六にも、勘兵衛にも出さんが、おい出て見ろ！」留吉はつづけて形勢が悪いことを知らせた。「これじゃ駄目だ！」

　少くともこういうことは、皆が一勢にやらなければ成功すべきものではない。少数ではやった者がひどいめにあうばかりだ。それだのに村の半数は出していないらしい。

　健二は急いで小屋の外へ出て見た。丘から谷間にかけて、四五匹の豚が、急に広々とした野良へ出たのを喜んで、土や、雑草を蹴って跳ねまわっているばかりだ。

「これじゃいかん！」

「宇一め、裏切りやがったんだ！」留吉は歯切りをした。「畜生！　仕様のない奴だ。」

　今、ぐずぐずしている訳には行かなかった。執達吏は、もう取っ着きの小屋へ這入りかけていた。健二と留吉とは夢中になって、丘の細道を家ごみの方へ馳せ降りて行った。

三人の執達吏のうち、一人は、痩せて歩くのも苦しそうな爺さんだった。他の二人はきれいな髭を生《はや》した、疳癪で、威張りたがるような男だった。

彼等が最初に這入った小屋には、豚は柵の中に入ったままだった。彼等は一寸話を中止して、豚小屋の悪臭に鼻をそむけた。

それまで、汚れた床板の上に寝ころんで物憂そうにしていた豚が、彼等の靴音にびっくりして急に跳ね上った。そして荒々しく床板を蹴りながら柵のところへやって来た。

豚の鼻さきが一寸あたると柵はがたがたくずれるように倒れてしまった。すると豚は柵の倒れた音で二重に驚いて、なおひどくとび上った。そうしてその拍子にとびとびしながら柵から外へ出た。三人の、大切な洋服を着た男は、糞に汚れた豚に僻易《へきえき》して二三歩あとすざりした。豚は彼等が通らせて呉れるのをいいことにして外へ出てしまった。

一匹が跳ね、騒ぎだしたのにつれて、小屋中の豚が悉《ことごと》く、それぞれ呻き騒ぎだした。そうして、柵を突き倒しては、役人の間を走りぬけて外へ出た。きれいな髭の男は、やっと、この豚どもを逃がしてはならないことに気づいて、あとから白い手を振り上げて追っかけた。追っかけられると、豚はなお向うへ馳せ逃げた。

「チェッ！　仕様がない。」洋服の男は、これは百姓に入れさせればいいつもりで、苦々しい笑いを浮べ乍ら次の小屋へやって行った。

二軒目の小屋には一頭もいず、がらあきだった。彼等は何気なく三軒目へ這入った。そこにも、十個ばかりの柵が、がらあきでただ仔豚をかかえた牝が一匹横たわっているばかりだった。そこで、二十分ばかりかかって、初めての封印をして、彼等は外に出た。ところが、その時には、丘にも谷間にも豚群が呻き騒いで、剛《かた》い鼻さきで土を掘りかえしたり、無鉄砲に馳せまわったりしていた。豚は一見無神経で、すぐにも池か溝かに落ち込みそうだった。しかし、夢中に馳せまわっていながら、崖端に近づくと、一歩か二歩のところで、安全な方へ引っかえした。

三人は、思わず驚きの眼を見はって、野の豚群を眺め入った。

ところが、暫らくするうちに、二人の元気な男は、怒りに頸すじを赤くした。そして腕をぶるぶる振わせだした。豚が野に放たれて呻き騒いでいる理由が分ったのであった。

三十分程たった頃、二人は、上衣を取り、ワイシャツ一つになって、片手に棒を握って、豚群の中へ馳こんでいた。頻りに何か叱咤した。尻を殴られた豚は悲鳴を上げ、野良を気狂いのように跳ねまわった。

二人は、初めのうちは、豚を小屋に追いかえそうと努めているようだった。しかし豚は棒を持った男が近づいて来ると、それまでおとなしくしていたやつまでが、急に頭を無器用に振ってはねとびだした。二人はいつの間にか腹立て怒って大切なズボンやワイシャツが汗と土で汚れるのも忘れて、無暗《むやみ》に豚をぶん殴りだした。

豚は呻き騒ぎながら、彼等が追いかえそうと努めているのとは反対に、小屋から遠い野良の方へ猛獣の行軍のようになだれよった。

と、向うの麦畑に近い方でも誰れかが棒を振って、寄せて来る豚を追いかえしていた。

「叱ッ、これゃ！　麦を荒らしちゃいかんが！」

それは、自分の畑を守っている宇一だった。

「叱ッ、これゃ、あっちへ行けい！」

どれもこれも自分の豚ではなかったので彼は力いっぱいに、やって来るやつをぶん殴った。豚は彼の猛打を浴びて、またそこからワイシャツの方へ引っかえした。

裏切った者があるにもかかわらず、放たれた豚の数は夥《おびただ》しいものだった。暫らくするうちに、二人のワイシャツはへとへとに疲れ、棒を捨てて、首をぐったり垂れてしまった。


……


「そら、爺さんがやって来たぜ。」

やっと丘の上へ引っかえして、雑草の間で一と息ついていた留吉が老執達吏を見つけた。

「どれ、どこに？」谷間ばかりを見下していた健二がきいた。

「そらその下だ。」留吉は小屋の脇を指さした。

痩せて、骸骨のような、そして険しい目つきの爺さんが、山高をアミダにかむり、片手に竹の棒を握って崖の下へやって来た。

「おい、こらッ!」

大きな腹をなげ出して横たわっている牝豚を見つけて、彼は棒でゴツゴツ尻を突ついた。

豚は「ウウ」と、唸って起き上ろうともしなかった。

「おい、こら!」

「ウ、ウウ。」牝豚はやはり寝ていた。

「おい、こら!」爺さんは、又、棒を動かした。

健二と留吉は草にかくれてくっくっ笑った。

一日かかって、三人の役人は、結局、柵に固く栓をして、初めから豚を出さなかった、二三の小屋にのみ封印して、疲れ切って帰って行った。彼等は、それが自分達に降った裏切者の小屋であるとは気づく余裕がなかった。同様に手むかいをする百姓のだと思って、故意に厳重に処置をした。

四

二週間ほどたって、或る日、健二が残飯桶をかついで丘の坂路を登っていると、彼の足音を聞きつけて、封印を附けられた宇一の小屋から二十匹ばかりが急に揃って、割れるような呻きを発して、騒ぎだした。饉《う》え渇して一時に餌を求めている呻きだった。

彼が桶を置いて小屋に這入って見ると、裏切者の豚は、糞で真黒に汚れ、痩せこけて、眼をうろうろさせながら這っていた。

どうせ地主に取られることに思って、宇一は餌もやらなければ、ろくに世話もしなかったのである。

豚は、必死に前肢を柵にかけ、健二をめがけて、とびつくようにがつがつして何か食物を求めた。小屋のわめきは二三丁さきの村にまで溢れて行って、人々の耳を打った。……

それから一週間ほど、それ等の汚れた豚は昼夜わめきつづけていたが、ついに、一ツ一ツばたばた斃《たお》れだした。

野に放たれ騒いだ豚は、今、柵の中でおとなしく餌を食っている。

主謀者がその後どうなったか？

いや、彼等は、役人に反抗したが、結局、どうにもせられなかった。

彼等は、やっただけ、やり得だったのである。

彼等の一生

ついこのあいだくにへ帰って、従兄からきいた話です。

話の主人公になっている信造は、従兄の遠縁にあたる人で、村は三里ほど離れているが、顔だけは一寸私も覚えています。私とは別に血縁がつながっている訳ではありません。その村には、昔から沢山醤油屋があって、今では、殆んど工場町のような情景を呈して、農村らしいところは見られなくなっています。

信造が祖先から受け継いだ家屋敷は、毀《こわ》たれて、醤油倉の敷地になり、あとかたも見られなくなっているそうです。

だが、それはともかく話は急ぎましょう。

晩の十一時頃であった。昼間、ねかした麴《こうじ》が、丁度よくむれているかどうか、具合を見るために、信造は提灯《ちょうちん》をともして、室屋《むろや》の中へ這入《はい》って行った。冬のことで、大きな火鉢に炭を一時に半俵ぐらいおこして、室屋の中は温められていた。ねかした麴は、一定の時間をたつと、熱くむれてきて麴菌を発生する。その熱くなるのを助けるために、炭をおこしておくのであった。隙間風《すきまかぜ》が吹きこまぬように、窓や入口の戸をぴっしり閉め切り、目貼りがしてあるので、赭くなった炭は、酸素を燃しつくして、炭酸瓦斯《ガス》は室内に止《とど》まり、そこは、むっとするようにむせかえってくる。

彼が這入って行ったのは、丁度、その時であった。彼は、蓆《むしろ》に拡げた麴の中へ手を突きこんで、具合を見た。大豆と、細かく砕いた小麦とが固ってからからになっていると、それは麴の出来がよくないのである。ふんわり、一様に熱を持ってきているようだと、それはいいのだ。一つの室屋には、百八十枚から二百枚ぐらいの蓆を棚に組んで、麴が拡げられている。彼は棚の間を歩きまわってところどころへ手を突きこんで、出来具合を見ていた。すると、そのうちに、気持が悪くなって感覚を失いそうになった。そこで、これはいけないと思って、入口の方へ走り出た。ところが、入口のところへ出るなり、彼は倒れてしまった。持っていた提灯が頭のさきの方へとんで、そこで炎を立て、赤く燃えだした。が、彼には、それが分っていた。起きて行って消さなければあぶないと彼は思った。彼は、起き上るだけの力がなかった。頭のさきでは、なおひとしきり、赤く燃えた。

しかし、彼は、もうそんなことはどうでもよかった。彼は感覚を失ってしまった。

彼の親爺も室屋の中へ這入って、卒倒したのを彼は知っていた。それは彼が十六になって、初めて醬油屋へ働きに行き、半人前の賃銀を取りだした時のことであった。親爺は杜氏《とうじ》で、主人に忠実な傭僕《ようぼく》だった。二十三年間つづけて、醸造場一切のことに、隅から隅まで注意を配って、主人のために働いてきた男だった。夜、十二時すぎに、親爺は、麴の具合を見るために、寒さに顫えながら、わざわざ寝床から這い出した。

室屋の中は温かだった。年が寄って、寒さが身にしみるようになっていた親爺は、そこで、あたたまるつもりで戸を開けて這入って行った。そして、ついに、そこから出て来なかった。

信造は、その時、二三の同い年《おなどし》の者と一緒に、隣村のある娘のところへ、夜遊びに行っていた。たあいもない話をしたり、茶をのんだり、娘の顔を見たりして晩を過すのだったが、村の若衆は皆な遊びに行くことにしていた。そこで、毎晩十二時から、一時、二時ごろまでも時間をつぶしていた。信造は、行先を家へは云っておかなかった。で、弟が彼の居処をたずねあてて来たのは、父が倒れてからだいぶたった時だった。

彼は、弟の提灯を引ったくって、一人、さきに急いで馳せ帰ったが、事務所の前へかつぎ出された、父はもうこと切れていた。

母が、頭髪を乱し、涙を流して、頻りに父の名前を呼んでいたが、父はしゃちこばったまま微動だもしなかった。

彼は、卒倒して、感覚を失いながら、その時のことをはっきり思い出した。彼は、親爺にあったことは、善いことにしろ、悪いことにしろ、息子が同じようにそれを繰りかえし、孫がまた繰りかえす、という考え方を持ち、それによくおびやかされていた。で、とうとう、自分もやられたと思った。

彼は、四十八だった。親爺が死んだのは、五十一だった。祖父が死んだのは、四十五だった。祖父も醤油屋で働いていた。そして、醤油屋の仕事で死んだ。搾《しぼ》り槽《ふね》の圧《お》し棒がとんで、吊り石に打たれたのであった。死に方は、祖父が一番悲惨だった。腰から太腿《ふともも》にかけて、そのあたり一たいに、六尺ばかりの高さからとんだ三十余貫の吊り石に敷かれて蟹《かに》をへしゃいだようになったのであった。

祖父、親爺、彼、三代つづけて、醤油屋の仕事に生命を失う。稍《やや》もすると、そうなりそうな予感があったから、彼は醤油屋で働くのがいやだったのだ。

——ところがはたしてそうだ。

彼の親爺が醤油屋で働いていた。祖父も働いていた。だから、彼も醤油屋で働かねばならない、という理由はいささかもない。どんなにたやすい、危険のない仕事をしようと勝手な訳だ。しかし、一日も飯を食わずにいる訳には行かない。そうなると、ひとりでに、親爺がやっていた仕事をやるより外なくなる。彼が記憶にある限りの村の人々のやっている仕事を見ると、二三の例外はあるが、殆んどすべてが、親のやった仕事を子がやっている。ひとりでにそうするより仕方がないように、何物かが仕組んでいるのだ。このままで行くと、彼の息子も、孫も、その次の孫も、醤油屋の労働者から一歩も外に出ることが不可能であることが彼に予想された。恐らく、祖父や親爺と同様に、孫達も、仕事で生命を失うであろう、それは、やりきれないことだ。どうにかして、そういう境涯からのがれなければならない。

だいぶ前の話である。

信造は徴兵に取られて、歩兵聯隊へ這入った。這入るとまもなく、下士志願をして、二年目に上等兵になり、伍長勤務になった。二年間が殆んどすんで、あと三カ月で下士に任官する時だった。彼は、永久に軍隊で暮す訳には行かないことに気づいた。どうせ「地方」へ出なければならない。軍隊では「地方」へ出てから役にも立たないことばかりをつめこまれた。彼は叔父にあてて、下士志願を取消すのに、自分から士官に云い出しにくいから聯隊まで来てくれるように手紙をよこした。

叔父が出かけて行った。

兵隊に取られると、戦争に出て殺されるものだ、常にそう思いこんでいる叔父だった。

実際、叔父と同年の者で、兵隊に行った者は、七人が七人まで骨になって帰っているのだ。

叔父は、面会室へ入った甥を暫らくじろじろ見ていた。――突然彼はなじるように云った。

「お主は、どうして勝手に下士志願やこししたんだ!」

信造は眼をパチパチしばたいていた。

「いんでからまた醬油屋で働くのはいやだからなあ! いっそ、軍隊で暫らく居ってみようかと思うとったんじゃ。」

「働くな、どこに居ったたってあたりまえじゃないか。」

「それゃそうじゃが。……」

風通しの悪い、蒸暑い面会室で一時間ばかり、信造は、稍蒼白い、血色のよくない叔父の顔を見入って、醬油屋の仕事や、誰れか怪我をしやしなかったか、不潔が胸にこたえやしないか、などきいた。そして、叔父の傍へすりよって来て、叔父の身体にしみこんでいる諸味《もろみ》の臭いをかいで、吐息をついたりした。彼は、醬油屋の仕事で蝕ばまれている叔父を見て、志願を取消す決心が、また鈍ったらしかった。

「どうするんだ?」叔父は促した。

「さあ、どうしようかしら。」

「俺《お》れゃ、醤油倉の仕事を休んで、船賃を使うて来たんだぞ！」「もっと考えて見ようか、――」彼は独言のように云った。「祖父さんや親爺のように寿命をちぢめるな、いやだからなあ！」

「じゃ、俺れゃ、もうどんなことになっても知らんぞ！」叔父はわざとおどかした。「戦争に行きゃ、一とたまりもなく殺されっちまうんだ。お前等が死ぬな、上の人は、屁《へ》とも思うとりゃせん。」

叔父は立ち上って帰りかけた。信造は別れたくないような顔つきをして衛門のところまで送って来た。そして、そこで、

「ま、一寸、待っておくれ！」と云った。

「やっぱりやめるか。」叔父は云って「いんだって、醤油屋で働かいでも、百姓でも何でもやりゃええじゃないか。」

「はあ。」

三日目に、彼は、伍長勤務をやめさせられた。そしてそれ以後、始終、勤務にばかりつかせられた。「あいつは、上等兵になりたさに、下士志願をして、なれたらやめちゃったんだ。」中隊の者は、彼を卑劣漢視して、尻目にかけた。

彼は、急に上等兵だけの実力がないように見えてきた。ついすると歩哨の守則を忘れていたりした。機動演習に行って、ある晩、焚火《たきび》にあたっていて、靴の底を焦がして、中隊

長からひどく油を搾られた。

それまでは、そんなにボンヤリしている彼ではなかった。それが、急に気抜けがしたようだった。

彼は、勤務のかたわら、「蜜柑の作り方」とか、「薄荷の作り方」とか、「有利作物案内」とか、そういう本を買ってきて、頻りにそれを読んでいた。


話はとぶ、三十歳前後のことだ。

彼は、二百五十石くらいの帆船を買って、それをまわしだした。それまで、醤油屋で働くばかりで、船に乗った経験は殆どなかった。しかし、つい半年ばかりするうちに、彼は、船の勝手を覚え、雲行きで日和を見たり、旧暦を繰って、潮の上げ下げを計ったりした。暴化《しけ》にあって船をつなぐ時には、縄を腰に巻きつけ、怒濤を乗り越して陸まで泳いで行ったりした。彼は、諸味臭い醤油倉からのがれることが出来たのを喜んでいた。海の危険を危険と思わなかった。軽業師があぶない綱渡りをやりながら、却って快感を覚えるように彼も快感を味わった。

けれども、どこへ行ったって、そう怪我なしにすむものではない。ある風の強くない晩に、大阪から下《くだ》っていると、商船会社の汽船に舳《おもて》をやり切られた。彼は梶を掴まえていて十分交《かわ》ると思っていた。

「交るか、どうじゃ。」

舳でカンテラを持って立っている舟方に彼は声をかけた。

「あ、交る、交る。」

黒い山のような汽船が次第に近づいて来た。

「交るか、どうじゃ？」

「あ、交る、交る……」がまもなく不意に舟方が云った。

「や、どうならん、これゃどうならん、梶を曲げたり、曲げたり！」そうして、汽船に向って、頻りに、「頼むぞ！　頼むぞ！」と叫んだ。

彼は急いで、船の向きをかえようとして梶を廻した。が、どうしたのか、梶が廻っているのに、船は廻らずに汽船の方へ、汽船の方へ接近して行った。あとから気づいたのだが、彼は、あわてて梶をさかさまに廻していたのであった。

ドシンと、船がひっくりかえるくらい激しく傾いて、めりめりきしむ音と共に、それまで北へ向いていた舳《おもて》が、東の方へ突きまわされた。

汽船は、びりびり動きもせず、牝牛のように通りすぎた。

「おーい、待て、待て！」

彼は、上に向いて山のようなやつに叫びかけた。が、汽船からは何等の返事もなかった。そして平気の平左で行きすぎてしまった。

彼は、元気だった。毀《こわ》れて、塗《あか》が入りかけている船を近くの島まで漕ぎつけた。――修繕に眼をむくほどの金がかかった。

それでも醤油屋よりは船の方がよかった。彼は船を捨てなかった。

三年目に、彼はお園をつれて来た。妾だ。村で間借りをして居らせた。少し荒削りな感じがあったが、肥り肉《じし》の、新鮮な匂いを持っている可愛いい女だった。彼は、既に妻を持っていた。おきよは、彼が妾をつれて来たのを知っても、別に、表面、感情を荒立てるようなことはなかったのみならず、味噌や野菜物、二三の世帯道具などを持って行ってやった。

舟乗りの嬶《かかあ》は、亭主が留守になると、よく情夫を引き入れるものだが、彼が、お園をつれて来て七カ月ほどたった頃彼女の部屋へ庄屋の旦那が出入するようになった。もう三ツか四ツになる孫を持っている色の浅黒い老人――まだ顔に皺《しわ》はよっていないが――だった。噂では、村で一二を競う金持だった。二週間たったかたたないうちに、信造は、チャンとそれを知っていた。彼は、お園の行為に対して、極度に神経過敏になっていたのであった。

――あとから彼が告白したところであるが、女は、あちらに置いてある時から、油断がならなかった。で、自分の村へつれて来れば、少しは心を労せずにすむだろうと思って、こちらに置くことにしたのであった。だが、それが却って悪るかった。女は、金を持っている者に従って行くものである。色の浅黒い老人は、ケチで、易々《やすやす》と金を出す男ではなかった。だが、札束《さつたば》を見せびらかして女をおびきよせる術《すべ》を心得ていた。女は、丁度、猫が天井から垂れ下げられた手毬《てまり》を取ろうとして立ち上って、手を伸して行くように、取れもしないものを求めて、一生懸命になった。

彼は、安心して船に乗って出ることが出来なくなった。

五年目に、彼は、船を売って、村から出て行くことをやめてしまった。

彼は、どこまでも女を手離したくなかった。

老人の方でも女に熱中してきていた。

老人は人を介して、女を譲ってくれるように云ってきた。彼は、一言で拒絶した。人はまたきた。彼は一寸考えた。話しようによっては応じないこともない。そう返事をした。いくら金を要求するか、と間に入った人はさぐりを入れた。老人の隠し金を残らず取り上げなくちゃ腹癒せが出来ぬと彼は云った。

「あの眼もとだけでも一万円の値打は鳴っとるんだ！」

あくる日、老人から二百円を提供して来た。彼は二千円を要求した。

五六日、ゴタゴタして、ついに老人から千円取り、間に入った男が五十円貰うことにしてけりがついた。

その時、彼の妻は長男を身に持っていた。

彼は再び醤油屋の労働者にかえっていた。

おきよは、たとえ賃銀は少くとも、彼が、一年の大半を船の上で暮すよりは、醤油倉で諸味臭くなって働くのを喜んだ。彼女は、牛か豚が食うような、まずいものを食いながら、少しずつ貯金をしてたのしむようなたちの女だった。

彼は、まもなく自分から醤油屋をはじめようとした。妻は、しきりにそれを思い止《とど》まらせようとした。

「そんなことをして、また少しでも金を儲《もう》けたら、あの女を引っぱりこむんじゃろう。」

「阿呆《あほう》ぬかせ、──俺《おれ》がそんなことを考えとるか！」

「お前さんは、何をすることか、知れやせん！」彼女は、彼が質実に働いて行くことを望んでいた。急に金持らしくしてみたところで仕方がない。あとで却って悲惨になるばかりだ、と思っているのであった。

彼は、彼女の言葉を聞き入れなかった。彼は醤油屋の主人になろうとした。彼は、常に、祖父や親爺にあったことが、醤油屋で働いている限り、自分にもやって来そうな予感におびやかされていた。実際、醸造場は不潔で、植物性のものが腐っているような臭いがして、じめじめしていた。そこで呼吸をすると、胸が腐りそうだった。

彼には自分等が、おとなしく、あてがわれた仕事をしていると、いつまでたっても、同じように働いて、ついには働き死ななければならないことが、次第にはっきり分ってきた。どうにかして、そこからのがれなければ自分ばかりでなく、子も孫も同じような境遇を繰りかえさなければならない。彼は、おとなしくそうすることは考えても我慢がならなかった。どうしても、自分の力で、この境涯からぬけ出なければならない。

彼は、醬油倉を建て、桶を据え、人を使い穀物を仕入れ、諸味を作った。資本家になろうとしたのだ。だが、それは彼が思った通りには行かなかった。既に、それまでにあった小さい醬油屋が、大きいやつに併合される時期に立ち到っていた。彼はそれに気づかなかったのだ。

二年ほどたって、彼は、妻の貯金を内所で引き出して、村から遁走した。あとには、彼が建てた醬油倉と、屋敷とが競売に附せらるべくしょんぼり残っていた。

彼の祖父が死ぬまで働き、また親爺が死ぬまで働いた、そして、彼もそこで働いていた醬油屋の大将は、小学校やお宮へ金を寄附することが好きな男だった。ある時、京都の本願寺へ参って、賽銭箱へ百円札を投げたということだった。

村の人は、がっしりした、眉の濃い彼の顔を見ると、すぐ、彼が百円札を喜捨したことを思い出した。ある婆さんは、彼に出会《でくわ》すと、彼が百円札ではないが、一円か二円か、自分にも投げて呉れやしないか、いつもそんなことを考えた。その婆さんは、他人の使い歩きをして、小遣銭を稼いで酒を飲む女だった。彼女は大将に出会すと、皺のよった顔に笑を浮べて、何故ともなく頭を下げた。すると、大将もにっこりして、何か婆さんに言葉をかけそうにした。

「旦那さん、寒い日がすることでごぜえす。……あんたさんのおかげで、一杯ぬくもれましたら……」

婆さんは、なぞをかけた。

「うむ、うむ。」

大将はそう云った。だが彼は、笑って、そのまま行きすぎてしまった。――それがいつもの例だった。

でも、婆さんは、大将が向うからやって来るのを見ると、なんだか金を呉れそうな気がして、あてにならんことを期待するのであった。

その大将が信造の醬油倉を買った。

やり切られて、修繕に眼をむくほど金をかけた帆船《はんせん》、祖先から伝わっていた――或は、途中で祖父か誰れかが買ったのも有るかもしれない――山林、ほんの一段余であるが麦や粟を作っていた畑、田をつぶして作った敷地、価《あたい》万金の眼を持っているお園を老人に渡して取った金、五六枚の金子《きんす》借用証書。

以上が、信造が、醬油倉を建て、人を使い、諸味を造りこむのにいれたもとでの数々である。彼にとっては、有るだけの力を搾ったものである。

　良妻であり、正直であり、律義者であるおきよは、家屋敷、醬油倉がなくなってしまうのは諦めていた。しかし、信造が残して行った借金だけは、他人に迷惑をかけないようにかえしたい。――そう彼女は思っていた。それにしては、醬油倉を、もっと高く買って貰ってもいい筈だ。もっと値打がある筈だ。家屋敷を買い取る者は涙金を出すというじゃないか。何の縁もない本願寺へ百円札を投げた人が、代々忠実に使われて来た杜氏《とうじ》を助けてもよかりそうなものだ。それがあたりまえだ。

大将が、買った醬油倉を検分に来ていた時、彼女は、それを話す機会を捉えた。

大将は、醬油倉が、実際の値打よりも、よほど安かったことを十分承知していた。恐らく涙金を要求されるだろう。それは、多少やることにしてもええ。彼はそう思っていた。おきよの話を聞いて、彼は、

「なに――借金を？　皆々、利子までつけてかえすつもりだって！」

　びっくりしたようにそう云った。これはいけないと思った。それだけに醬油倉を高く買い上げろ、というのならこれはいけないと思った。

「馬鹿な！　馬鹿な！」彼は繰返えした。「そんな馬鹿なことをする奴があるもんか。借金は五分払いで棒引きにして貰え、――なに、お前がそんなことはよう云わんって、じ

や、俺がうまく金主に交渉してやる。」

「へえ、でも、そんなことでよろしいでしょうか？」

「あ、ええとも。俺にまかしとけ、俺がうまく交渉してやる。」

「へえ。」おきよは、苦しそうに吐息《といき》をついた。

彼女は肩で息をしていた。あと一と月くらいで二人目の子供が産れる身体になっているのであった。

大将は、つづけて云った。――

「それで、お前と子供が食うて行く位いは、また、俺がなんとかしてやる。――そのうちに信造も戻って来るだろう。」

「へえ、ありがとうござんす。――私ゃ、醬油倉が無くなったってかまいやしませんが、借金と、二人の子供のことが気がかりで仕様がありませんのです。」

「うむ、うむ。早や、腹ン中の子供の心配までしとるんだな。」

彼は懐中から札を出して来た。

信造は、お園のあとを追って行っていた。

お園を買い受けた老人は、女に惚れこんで、ひたり切っていたが、そのうち、夏、赤痢にかかって、避病院で死んでしまった。

父が女に甘くなったのを快よからず思っていた庄屋の息子は、老人の死後、お園には何一ツ与えずに放り出してしまった。老人から買って貰っていた着物までお園は取り上げられた。

しかし、信造にはそれが持って来いだった。

借財の整理がついて、大将は彼を醸造場で使おうとして、信造の帰郷を促したが、彼は返事もよこさなかった。

おきよは、大将が衣食の糧《かて》を給してくれることに思っていた。そう思いながら彼女は子供を産んだ。

お産の世話に来ている老母に、男の子供が出来たことを彼女は大将のところへ云って行かせた。

老母は、ぼつぼつ草履《ぞうり》を引きずって、歩いて行った。

ご領ンさんは老母を見て、いぶかしげにききかえした。

「それゃ、お婆《ば》あ、家《うち》へ云うて行けと云うたんか！」

「へい、お家へ云うて行て来いと云いました。」

「いいや、それゃ、どっかほかの間違いじゃないか？」

「おきよが、お家へ云うて行けと云いましたんじゃ。」

老母は、無表情に、縁側に腰を下していた。

おきよは、子供が産れたことを知らしておけば、出産の費用のいくらかを大将の方から届けてくれることに思っていた。(醬油倉を安くで買ったうめ合せにでもそれ位いなことはして呉れそうなものだ！) 十日ほどして、彼女は、老母が云い間違えたのではないかと思った。で、前からのくわしい事情と約束を云ってきかせて再び老母を使いにやった。

やはりご領ンさんが出てきた。――彼女は老母の話をきいてから、

「へええ、――お婆あ、お前、もう耄《おいぼ》れとるのう！」

そう云った。

「何でござります？」

老母には相手の言葉が聞えなかった。そこで彼女は、大きな声でききかえした。

「まるで聾《つんぼ》じゃ。」

ご領ンさんは茶の間の女中をかえり見てへへら笑った。

おきよが、やさしい仕事くらいは、出来るようにようよう身体が恢復した頃、醬油倉へ来て働くように女中が云ってきた。

生活を保証してやるといったのは、つまり、醬油倉で働かしてやるとの謂《いい》であったのだ。

彼女は赤ン坊を負《お》ンぶして、醬油倉へ行って働いた。汚れた醬油袋を洗ったり、樽を洗

ったり、袋に渋をつけたり、それが彼女にあてがわれた仕事だった。

四ツになった長男は、母が仕事をしている側《そば》へ来て遊んだ。棒を拾ってきて、空樽《あきだる》を太鼓のようにかんかん叩いた。

「お父《と》うはどこへ行ったんだい？」

若衆が子供のそばへやって来て、笑いながら聞いたりした。

「ごんご（舟のこと）に乗って行ったんだ。」

「どこへ行ったんだい。」

「ごんごに乗って行ったんだ。」彼は同じことを繰りかえした。「あっちの方へチンチ（金のこと）儲けに行ったんだ。」


三年たって、信造が帰って来た。

おきよは、過労と営養不足による貧血で、蒼白く萎《しな》びて骨と皮とになっていた。樽を洗い、渋に汚れた彼女の両手は木鋏《きばさみ》のように大きく、身体の左右にぶら下っていた。

信造は三年見ないうちに、十年くらい年を取ったようにふけていた。どうせ自分は醬油屋で働くより仕方がない。そこに彼は釘つけられている。と彼は観念しているようだった。昔日の元気と、縛られた境涯から解放されようとする意気は消えうせたように見えた。

彼は大将のところに落ちついて働き出した。

彼は、仕事が上手で、ある種の腕を持っていた。彼が造るといい麴《こうじ》が出来、風味に富んだ醬油が出来た。彼の造った醬油は、大将によって、舌の肥えた紳士や、貴女の食卓に供すべく売られた。彼が得た金は、燻《くすぶ》った、茅葺《かやぶ》きの潰れそうになった家へ持って帰られた。そこには蒼白い妻が芋の皮を厚くむきすぎると云って、子供達をがみがみ叱っていた。小さい子供達は麦飯を茶漬けにして、ろくに嚙みもせずに、うまそうに呑みこんだ。

——でも、彼は、まだ希望を失ってはいなかった。皺くちゃになった茶色の紙幣は、毎月、子供のために貯えられた。

今では、彼は子供のために働いていた。子供達だけは、今の縛られた境涯から解放してやりたかった。そこに、唯一つ、彼の希望がつながっていた。……

室屋《むろや》のタタキ廊下は、ずっと長くつづいていた。同じように漆喰《しっくい》によってかためられている室屋が、五ツばかりそこにはつづいていた。向い側にも同様な室屋があった。

タタキの廊下がきれたところには、仕込場があった。昼間、そこでは小麦を煎《い》る釜が廻り、ロールがうなった。大豆を煮る大きな甑《こしき》は噴火口のように、湯気を吐いた。彼等は、そこで、ほこりに汚れ、鼻の孔を黒くして働いた。

しかし、夜は、全くひっそりして物音一ツせず、気味が悪い位い、広い醸造場が静まりかえっていた。遠く搾《しぼ》り場《ば》からは、圧《お》し棒が、深山《みやま》の奥で樹が折れるように、時々ポキポキ音を立てた。

彼は、そこの廊下へ出るなり卒倒したのであった。あたりはひっそりして、ものすべてが眠っていた。――提灯《ちょうちん》の底にたまっていた蠟は、篝火《かがりび》のように、そこらあたりを明るくして、燃えた。

――不意にどこからともなく女の声がした。

「火事だ！　火事だ！　火事だ！」

炊事場であくる朝の麦を洗っていた女中である。

……ふと、信造は、室屋の前へ集ってきた若衆の騒々しい物声に気づいて、眼がさめた。

彼は助かったのであった。

彼はやはり醤油倉で働いた。貴女紳士が食うものの、味をよくするために、そうして、彼等に、たらふく胃の腑を肥さしむるためにいい醤油をこしらえた。

けれども彼の身体の調子はいつのまにか狂っていた。彼は、後頭部が痲痺《しび》れて変になることがあった。また、少し働くと苦るしくって、息切れがすることがあった。室屋へ近づくと胸がむかむかして、嘔吐《おうと》を催しそうになった。

ある時、窓を開け放って、風を通してから室屋へ這入った。ところが、それだのに、また気絶しそうになった。彼の身体は悪くなっていた。しかし、大将は、いい醬油を作らせ自家の商標が得意先に愛用さるる状態を持続しようがために、彼に働くことを要求した。彼も働かざるを得なかった。食うために、子供のために、妻のために。

だが、壊れかけた機械は、修繕せずに、そういつまでも使う訳には行かないものだ。螺《ら》旋《せん》がゆるんだところは直さなければならない。しかし、彼は、休養の時間を与えられもしなければ、また、自分からそうする余裕もなかった。彼は、胸が悪くなっていた。

壊れかけた機械は、たとえそれが一部分であろうとも、そのまま無理をして使っていると、すぐ全体が用をなさなくなるものである。

彼は、卒倒してからまる二カ年たたないうちに死んでしまった。

彼が死んだ時、彼の長男は、工芸学校に這入っていた。彼は食うものの倹約までして、子供の学資にいくらか貯金をしてあった。彼は、その前に自分の死を自覚して、大将に子供と妻のことを頼んだ。子供は、学校を卒業させ、どうにかして、今の境涯からのがれさせたい意志だった。

大将は引き受けた。

そこで彼は眼をつむった。

従兄の話にはもっと挿話があり、もっと細かく部分々々に這入りこんだところがあったのですが、それを一々書くことは許して下さい。それはどうも私には出来そうにありません。

ともかく、大体、従兄は、上のような話をしたのです。従兄は、話が結末に近づくに従って、そのぐりぐりした団栗眼《どんぐりめ》をかがやかして勢こんできました。

そして僕にききました。

「それで、信造が死んでから、大将は、嗅《かかあ》と子供とを、どういう具合に世話をしてやったと思う？」

「…………」

「親が死んだから、学校へ行っとった息子は、暫らく家へ戻っていたんだ。ところが大将はそれっきり、子供は寄宿舎へ帰らせないんだ。その云い草が面白い。貧乏人が学校へ行ったりするのは分にすぎる。学校を卒業したって生意気になるばかりで、働くことは嫌いになり、取り得がない。それよりゃ醬油倉へ来て働け。十五にもなって遊んでいるのは勿体ない。――とこうだ。信造が貯めた金も、銀行に預けて置いちゃ利子が安くて損だ。俺が使ってやる。よこしとけ。――そこで、嗅は正直に通帳ぐち大将に渡してしまったんだ。馬鹿な！　信造の寿命をちぢめて作った金が、今頃は、大将の手元で大豆か小麦になって、また誰れかの寿命をちぢめさして居るだろう。

子供か、――子供は、おとなしく醬油倉で働いとるさ。半人前だ。それだけでは食えないから、嗅が、また木鋏のような手をさげて、樽洗いに行っとるよ。――金の預り証なんて、そんなものは、勿論、よこしていないさ。

信造が一生涯、あがき、もがいて、労働者の境涯からのがれようとしたって、結局、のがれられやしない。彼も祖父《じい》さんや、親爺と同じように仕事で寿命をちぢめて死んじまったんだ。息子もまたいずれ同じようなことになるだろうよ。

だが、これゃ他人《ひと》ごとじゃないぜ、俺だってそうだよ。俺等の叔父さんだって、親爺だってそうじゃないか！　彼等の一生は、また俺等の一生なんだ。今のままおとなしくしとりゃ、俺等の子供だってそうなるんだ。どこへものがれられやしない。」

――従兄は、口を噤《つぐ》んで、輝ける眼をいっぱいに見はって、前の亀裂《きれつ》の入った壁を、そこに何物かがあるように凝視していました。

橇

一

鼻が凍てつくような寒い風が吹きぬけて行った。

村は、すっかり雪に蔽《おお》われていた。街路樹も、丘も、家も。そこは、白く、まぶしく光る雪ばかりであった。

丘の中ほどのある農家の前に、一台の橇《そり》が乗り捨てられていた。客間と食堂とを兼ねている部屋からは、いかにも下手でぞんざいな日本人のロシア語がもれて来た。

「寒いね、……お前さん、這入《はい》ってらっしゃい。」

入口の扉が開《あ》いて、踵《かかと》の低い靴をはいた主婦が顔を出した。

馭者は橇の中で腰まで乾草に埋め、頸をすくめていた。若い、小柄な男だった。頬と鼻の先が霜で赭《あか》くなっていた。

「有がとう。」

「ほんとに這入ってらっしゃい。」

「有がとう。」

けれども、若い馭者は、乾草をなお身体のまわりに集めかけて、なるだけ風が衣服を吹き通さないようにするばかりで橇からは立上ろうとはしなかった。

目かくしをされた馬は、鼻から蒸気を吐き出しながら、おとなしく、御用商人が出てくるのを待っていた。

蒸気は鼻から出ると、すぐそこで凍てついて、霜になった。そして馬の顔の毛や、革具や、目かくしに白砂糖を振りまいたようにまぶれついた。

二

親爺のペーターは、御用商人の話に容易に応じようとはしなかった。

御用商人は頰から顎にかけて、一面に鬚を持っていた。そして、自分では高く止っているような四角ばった声を出した。彼は婦人に向っても、それから、そう使ってはならない時にでも、常に「お前《ティ》」とロシア人を呼びすてにした。彼は、耳ばかりで、曲りなりにロシア語を覚えたのであった。

「戦争だよ、多分。」

父親と商人との話を聞いていたイワンが、弟の方に向いて云った。

「いいや！」商人の眼は捷《すばや》くかがやいた。「糧秣《りょうまつ》や被服を運ぶんだ。」

「糧秣や被服を運ぶのに、なぜそんなに沢山橇がいるんかね。」

イワンが云った。

「そりゃいるとも。――兵たいはみんな一人一人服も着るし、飯も食うしさ……。」

商人は、ペーターが持っている二台の橇を聯隊の用に使おうとしているのであった。金はいくらでも出す、そう彼は持ちかけた。

ペーターは、日本軍に好意を持っていなかった。のみならず、憎悪と反感とを抱いていた。彼は、日本人のために理由なしに家宅捜索をせられたことがあった。また、金は払うと云いつつ、当然のように、仔をはらんでいる豚を徴発して行かれたことがあった。畑は荒された。いつ自分達の傍で戦争をして、流れだまがとんで来るかしれなかった。彼は用事もないのに、わざわざシベリアへやって来た日本人を呪っていた。

商人は、聯隊からの命令で、百姓の家へ用たしに行くたびに、彼等が抱いている日本人への反感を、些細な行為の上にも見てとった。ある者は露骨にそれを現わした。しかし、それは極く少数だった。たいていは、反感らしい反感を口に表わさず、別の理由で金を出してもこちらの要求に応じようとはしなかった。蹄鉄《ていてつ》の釘がゆるんでいるとか、馬が風邪を引いているとか。けれども、相手の心根を読んで掛引をすることばかりを考えている商人は、すぐ、その胸の中を見ぬいた。そしてそれに応じるような段取りで話をすすめた。彼は戦争をすることなどは全然秘密にしていた。

十五分ばかりして、彼は、二人の息子を馭者にして、ペーターが、二台の橇を聯隊へやることを承諾さした。

「よし、それじゃ、すぐ支度をして聯隊へ行ってくれ。」彼は云った。

「一寸。」とイワンが云った。「金をさきに貰いてえんだ。」

そして、イワンは父親の顔を見た。

「何？」

行きかけていた商人は振りかえった。

「金がほしいんだ。」

「金か……」商人は、わざと笑った。「なあ、ペーター・ヤコレウイチ、二人の若いのをのせてやりゃ、金はらくらくと儲るじゃないか。」

イワンは、口の中で、何かぶつぶつ呟きながら、防寒靴をはき、破れ汚れた毛皮の外套をつけた。

「戦争かもしれんて」彼は小声に云った。「打ちあいでもやりだせや、俺《お》れゃ勝手に逃げだしてやるんだ。」

戸外では若い馭者が凍《こご》えていた。商人は、戸外へ出ると、

「さあ、次へやってくれ！」と元気よく云った。

橇は、快く、雪の上を軽く辷《すべ》って、稍《やや》傾斜している道を下った。

商人は、次の農家で、橇と馬の有無をたしかめ、それから玄関を奥へ這入って行った。

そこでも、金はいくらでも出す、そう彼は持ちかけた。そこが纏《まとま》ると、又次へ橇を馳せた。

日本人への反感と、彼の腕と金とが行くさきざきで闘争をした。そして彼の腕と金はいつも相手をまるめこんだ。

三

橇は中隊の前へ乗りつけられた。馬が嘶《いなな》きあい、背でリンリン鈴が鳴った。

各中隊は出動準備に忙殺されていた。しかし、大隊の炊事場では、準備にかえろうともせず、四五人の兵卒が、自分の思うままのことを話しあっていた。そこには豚の脂肪や、キャベツや、焦げたパン、腐敗した漬物の臭いなどが、まざり合って、充満していた。そこで働いている炊事当番の皮膚の中へまでも、それ等の臭いはしみこんでいるようだった。

「豚だって、鶏だってさ、徴発して来るのは俺達じゃないか。それでハムやベーコンは誰が食うと思う。みんな将校が占領するんだ。――俺達はその悪い役目さ。」

吉原は暖炉のそばでほざいていた。

飼主が――それはシベリア土着の百姓だった――徴発されて行く家畜を見て、胸をかき切らぬばかりに苦るしむ有様を、彼はしばしば目撃していた。彼は百姓に育って、牛や豚を飼った経験があった。生れたばかりの仔どもの時分から飼いつけた家畜がどんなに可愛いものであるか、それは、飼った経験のある者でなければ分らないことだった。

「ロシア人をいじめて、泣いたり、おがんだりするのに、無理やり引っこさげて来るんだからね、――悪いこったよ、掠奪だよ。」

彼は嗄《か》れてはいるが、よくひびく、量の多い声を持っていた。彼の喋《しゃべ》ることは、窓硝子が振える位いよく通った。

彼は、もと大隊長の従卒をしていたことがあった。そこで、将校が食う飯と、兵卒のそれとが、人間の種類が異っている程、違っているのを見てきているのであった。

晩に、どこかへ大隊長が出かけて行く、すると彼は、靴を磨き、軍服に刷毛《はけ》をかけ、防寒具を揃えて、なおその上、僅か三厘ほどのびている髯《ひげ》をあたってやらなければならなかった。髯をあたれば、顔を洗う湯も汲んできなければならない。……

少佐殿はめかして出て行く。

ところが、おそく、——一時すぎに——帰ってきて、棒切れを折って投げつけるように不機嫌なことがあるのだ。吉原には訳が分らなかった。多分ふられたのだろう。するとあくる日も不機嫌なのだ。そして兵卒は、叱りつけられ、つい、要領が悪いと鞭うたれるのだ。

彼は考えたものだ。上官にそういう特権があるものか！　彼は真面目に、ペコペコ頭を下げ、靴を磨くことが、阿呆らしくなった。

少佐がどうして彼を従卒にしたか、それは、彼がスタイルのいい、好男子であったからであった。そのおかげで彼は打たれたことはなかった。しかし、彼は、なべて男が美しい女を好くように、上官が男前だけで従卒をきめ、何か玩弄物のように扱うのに反感を抱かずにはいられなかった。玩弄物になってたまるもんか！

「豚だって、鶏だってさ、徴発にやられるのは俺達じゃないか、おとすんだって、料理をするんだってさ……。それでうまいところはみんなえらい人にとられてしまうんだ。」彼は繰かえした。「俺達の役目はいったい何というんだ！」

「おい、そんなこた喋らずに帰ろうぜ。文句を云うたって仕様がないや。」安部が云った。「もうみんな武装しよるんだ。」

安部は暗い陰欝な顔をしていた。さきに中隊へ帰って準備をしよう。——彼はそうしたい心でいっぱいだった。しかし、ほかの者を放っておいて、一人だけ帰って行くのが悪いような気がして、立去りかねていた。

「また殺し合いか、――いやだね。」

傍で、木村は、小声に相手の浅田にささやいていた。二人は向いあって、腰掛に馬乗《うまのり》に腰かけていた。木村は、軽い元気のない咳をした。

「ロシアの兵隊は戦争する意志がないということだがな。」

浅田が云った。

「そうかね、それは好もしい。」

「しかし、戦争をするのは、兵卒の意志じゃないからな。」

「軍司令官はどこまでも戦争をするつもりなんだろうか。」

「内地からそれを望んできとるというこったよ。」

「いやだな。――わざわざ人を寒いところへよこして殺し合いをさせるなんて!」

木村は、ときどき話をきらして咳をした。痰がのどにたまってきて、それを咯《は》き出さなければ、声が出ないことがあった。

彼は、シベリアへ来るまで胸が悪くはなかった。肺尖の呼吸音は澄んで、一つの雑音も聞えたことはなかった。それが、雪の中で冬を過し、夏、道路に棄てられた馬糞が乾燥してほこりになり、空中にとびまわる、それを呼吸しているうちに、いつのまにか、肉が落ち、咳が出るようになってしまった。気候が悪いのだ。その間、一年半ばかりのうちに彼は、ロシア人を殺し、ついにはまた自分も殺された幾人かの同年兵を目撃していた。彼自身も人を殺したことがあった。唇を曲げて泣き出しそうな顔をしている蒼白い青年だった。赭《あか》いひげが僅かばかり生えかけていた。自分の前に倒れているその男を見ると、別に憎くもなければ、恨《うらみ》を持っているのでもないことが、始めて自覚された。それが不思議なことのように思われた。そして、こういうことは、自分の意志に反して、何者かに促されてやっているのだ。――ひそかに、そう感じたものだ。

嗄れた、そこらあたりにひびき渡るような声で喋《しゃべ》っていた吉原が、木村の方に向いて、

「君はいい口実があるよ。――病気だと云って診断を受けろよ。そうすりゃ、今日、行かなくてもすむじゃないか。」

「血でも咯くようにならなけりゃみてくれないよ。」

「そんなことがあるか！――熱で身体がだるくって働けないって云やいいじゃないか。」

「なまけているんだって、軍医に怒られるだけだよ。」木村は咳をした。「軍医は、患者を癒すんじゃなくて、シベリアまで俺等を怒りに来とるようなもんだ。」

吉原は眼を据えてやりきれないというような顔をした。

「おい、もう帰ろうぜ。」

安部が云った。

中隊の兵舎から、準備に緊張したあわただしい叫びや、叱咤《しった》する声がひびいて来た。

「おい、もう帰ろうぜ。」安部が繰かえした。「どうせ行かなきゃならんのだ。」

空気が動いた。そして脂肪や、焦げパンや、腐った漬物の悪臭が、また新しく皆の鼻孔を刺戟した。

「二度診断を受けたことがあるんだが。」そう云って木村は咳をした。「二度とも一週間の練兵休で、すぐまた、勤務につかせられたよ。」

「十分念を入れてみて貰うたらどうだ。」

「どんなにみて貰うたってだめだよ。」

そしてまた咳をした。

「おい。みんな何をしているんだ！」入口から特務曹長がどなった。「命令が出とるんが分らんのか！　早く帰って準備をせんか！」

「さ、ブウがやって来やがった。」

四

数十台の橇が兵士をのせて雪の曠野《こうや》をはせていた。鈴は馬の背から取りはずされていた。

雪は深かった。そして曠野は広くはてしがなかった。

滑桁《すべりけた》のきしみと、凍った雪を蹴る蹄《ひづめ》の音がそこにひびくばかりであった。それも、曠野の沈黙に吸われるようにすぐどこかへ消えてしまった。

ペーターの息子、イワン・ペトロウイチが手綱を取っている橇に、大隊長と副官とが乗っていた。鞭が風を切って馬の尻に鳴った。馬は、滑らないように下面に釘が突出している氷上蹄鉄で、凍った雪を蹴って進んだ。

大隊長は、ポケットに這入っている俸給について胸算用をしていた。――それはつい、昨日受け取ったばかりなのであった。

イワンは、さきに急行している中隊に追いつくために、手綱をしゃくり、鞭を振りつづけた。橇は雪の上に二筋の平行した滑桁のあとを残しつつ風のように進んだ。イワンのあとに他の二台がつづいていた。それにも将校が乗っている。土地が凹んだところへ行くと、橇はコトンと落ちこんだ。そしてすぐ馬によって平地へ引き上げられた。一つが落ちこむと、あとのも、つづいて、コトンコトンと落ちては引き上げられた。滑桁の金具がキシキシ鳴った。

「ルー、ルルル。……」

イワンは、うしろの馭者に何か合図をした。

大隊長は、肥《ふと》り肉《じし》の身体に血液がありあまっている男であった。ハムとベーコンを食って作った血だ。

「ええと、三百円のうち……」彼は、受取ったすぐ、その晩――つまり昨夜、旧ツアー大佐の娘に、毎月内地へ仕送る額と殆ど同じだけやってしまったことを後悔していた。今日戦争に出ると分っていりゃ、やるのではなかった。あれだけあれば、妻と老母と、二人の子供が、一カ月ゆうに暮して行けるのだ！――しかし、彼は大佐の娘の美しさと、なまめかしさに、うっとりして、今ポケットに残してある札も、あとから再び取り出して、おおかたやってしまおうとしていたことは思い出さなかった。

「近松少佐！」

大隊長は胸算用をつづけた。彼にはうしろからの呼声が耳に入らなかった。ほんとに馬鹿なことをしたものだ。もうポケットにはどれだけが程も残っていやしない！

「近松少佐！」

「大隊長殿、中佐殿がおよびです。」

副官が云った。

耳のさきで風が鳴っていた。イワン・ペトロウイチは速力をゆるめた。彼の口ひげから眉にまで、白砂糖のような霜がまぶれついていた。

「近松少佐！　あの左手の山の麓に群がって居るのは何かね。」

「……？」

大隊長にはだしぬけで何も見えなかった。

「左手の山の麓に群がってるのは敵じゃないかね。」

「は。」

副官は双眼鏡を出してみた。

「……敵ですよ。大隊長殿。……なんてこった、敵前でぼんやり腹を見せて縦隊行進をするなんて！」絶望せぬばかりに副官が云った。

「中隊を止めて、方向転換をやらせましょうか。」

しかし、その瞬間、パッと煙が上った。そして程近いところから発射の音がひびいた。

「お――い、お――い」

患者が看護人を呼ぶように、力のない、救を求めるような、如何にも上官から呼びかける呼び声らしくない声で、近松少佐は、さきに行っている中隊に叫びかけた。

中隊の方でも、こちらと殆んど同時に、左手のロシア人に気づいたらしかった。大隊長が前に向って叫びかけた時、兵士達は、橇から雪の上にとびおりていた。

五

一時間ばかり戦闘がつづいた。

「日本人って奴は、まるで狂犬みたいだ。――手あたり次第にかみつかなくちゃおかないんだ。」ペーチヤが云った。

「まだポンポン打ちよるぞ！」

ロシア人は、戦争をする意志を失っていた。彼等は銃をさげて、危険のない方へ逃げていた。

弾丸がシュッ、シュッ！　と彼等が行くさきへ執念くつきまとって流れて来た。

「くたびれた。」

「休戦を申込む方法はないか。」

「そんなことをしてみろ、そのすきに皆殺しになるばかりだ！」

「逃げろ！　逃げろ！」

フヨードル・リープスキーという爺さんは、二人の子供をつれて逃げていた。兄は十二だった。弟は九ツだった。弟は疲れて、防寒靴を雪に喰い取られないばかりに足を引きずっていた。親子は次第におくれた。

「パパ、おなかがすいた。……パン。」

「どうして、こんな小さいのを雪の中へつれて来るんだ。」あとから追いこして行く者がたずねた。

「誰あれも面倒を見てくれる者がないんだ。」

リープスキーは、悲しそうに顔を曲げた。

「家内は？」

「五年も前になくなったよ。家内の弟があったんだが、それも去年なくなった。――食うものがないのがいけないんだ！」

彼は袋の底をさぐって、黒パンを一と切れ息子に出してやった。

弟は、小さい手袋に這入った自由のきかない手で、それを受取ろうとした。と、その時、リープスキーは、何か呻いて、パンを持ったまま雪の上に倒れてしまった。

「パパ」

「やられたんだ！」

傍を逃げて行く者が云った。

「パパ」

十二歳の兄は、がっしりした、百姓上りらしい父親の頸を持って起き上らそうとした。

「パパ」

また弾丸がとんできた。

弟にあたった。血が白い雪の上にあふれた。

六

間もなく、父子が倒れているところへ日本の兵隊がやって来た。

「どこまで追っかけろって云うんだ。」

「腹がへった。」

「おい、休もうじゃないか。」

彼等も戦争にはあきていた。勝ったところで自分達には何にもならないことだ。それに戦争は、体力と精神力とを急行列車のように消耗させる。

胸が悪い木村は、咳をし、息を切らしながら、銃を引きずってあとからついて来た。表面だけ固っている雪が、人の重みでくずれ、靴がずしずしめりこんだ。足をかわすたびに、雪に靴を取られそうだった。

「あ――あ、くたびれた。」

木村は血のまじった痰を咯いた。

「君はもう引っかえしたらどうだ。」

「くたびれて動けないくらいだ。」

「橇で引っかえせよ。」吉原が云った。

「そうする方がいい。——病人まで人殺しに使うって法があるか!」

傍から二三の声が同時に云った。

「おや、これは、俺が殺したんかもしれないぞ。」浅田は倒れているリープスキーを見て胸をぎょっとさせた。「さっき俺《おれ》れゃ、二ツ三ツ引金《ひきがね》を引いたんだ。」

父子は、一間ほど離れて雪の上に、同じ方向に頭をむけて横たわっていた。爺さんの手のさきには、小さい黒パンがそれを食おうとしているところをやられたもののようにころがっていた。

息子は、左の腕を雪の中に突きこんで、小さい身体をうつむけに横たえていた。周囲の雪は血に染り、小さい靴は破れていた。その様子が、いかにも可憐だった。雪に接している白い小さい唇が、彼等に何事かを叫びかけそうだった。

「殺し合いって、無情なもんだなあ!」

彼等は、ぐっと胸を突かれるような気がした。

「おい、俺れゃ、今やっと分った。」と吉原が云った。「戦争をやっとるのは俺等だよ。」

「俺等に無理にやらせる奴があるんだ。」

誰かが云った。

「でも戦争をやっとる人は俺等だ。俺等がやめりゃ、やまるんだ。」

流れがせかれたように、兵士達はリープスキーの周囲に止ってしまった。皆な疲れてぐったりしていた。どうしたんだ、どうしたんだ、と云う者があった。ある者は雪の上に腰をおろして休んだ。ある者は、銃口から煙が出ている銃を投げ出して、雪を掴んで食った。のどが乾いているのだ。

「いつまでやったって切りがない。」

「腹がへった。」

「いいかげんで引き上げないかな。」

「俺等がやめなきゃ、いつまでたったってやまるもんか。奴等は、勲章を貰うために、どこまでも俺等をこき使って殺してしまうんだ！　おい、やめよう、やめよう。引き上げよう！」

吉原は喧嘩をするように激していた。

彼等は、戦争には、あきてしまっていた。早く兵営へ帰って、暖い部屋で休みたかった。――いや、それよりも、内地へ帰って窮屈な軍服をぬぎ捨ててしまいたかった。

彼等は、内地にいる、兵隊に取られることを免れた人間が、暖い寝床でのびのびとねていることを思った。その傍には美しい妻が、――内地に残っている同年の男は、美しくて気に入った女を、さきに選び取る特権を持っているのだ。そこには、酒があり、滋養に富んだ御馳走がある。雪を慰みに、雪見の酒をのんでいるのだ。それだのに、彼等はシベリアで何等恨《うらみ》もないロシア人と殺し合いをしなければならないのだ！

「進まんか！　敵前でなにをしているのだ！」

中隊長が軍刀をひっさげてやって来た。

七

遠足に疲れた生徒が、泉のほとりに群がって休息しているように、兵士が、全くだれてしまった態度で、雪の上に群がっていた。何か口論をしていた。

「おい、あっちへやれ。」

大隊長はイワン・ペトロウイチに云った。「あの人がたまになっとる方だ。」

馬は、雪の上を追いまわされて疲れ、これ以上鞭をあてるのが、イワンには、自分の身を叩くように痛く感じられた。彼は兵卒をのせていればよかったと思った。兵卒は、戦闘が始ると悉く橇からおりて、雪の上を自分の脚で歩いているのだ。指揮者だけがいつまでも橇を棄てなかった。御用商人は、彼をだましたのだ。ロシア人を殺すために、彼等の橇を使っているのだ。橇がなかったらどうすることも出来やしないのに！

踏みかためられ、凍《い》てついた道から外れると、馬の細長い脚は深く雪の中へ没した。そして脚を抜く時に蹴る雪が、イワンの顔に散りかかって来た。そういう走りにくいところへ落ちこめば落ちこむほど、馬の疲労は増大してきた。

橇が、兵士の群がっている方へ近づき、もうあと一町ばかりになった時、急に兵卒が立って、ばらばらに前進しだした。でも、なお、あと、五六人だけは、雪の上に坐ったまま動こうとはしなかった。将校がその五六人に向って何か云っていた。するとそのうちの、色の浅黒い男振りのいい捷《はし》っこそうな一人が立って、激した調子で云いかえした。それは吉原だった。将校が云いこめられているようだった。そして、兵卒の方が将校を殴りつけそうなけはいを示していた。そこには咳をして血を喀いている男も坐っていた。

「どうしたんだ、どうしたんだ?」

大隊長は、手近をころげそうにして歩いている中尉にきいた。

「兵卒が、自分等が指揮者のように、自分から戦争をやめると云っとるんであります。だいぶほかの者を煽動したらしいんであります。」中尉は防寒帽をかむりなおしながら答えた。「どうもシベリアへ来ると兵タイまでが過激化して困ります。」

「何中隊の兵タイだ。」

「×中隊であります。」

眼鼻の線の見さかいがつくようになると、大隊長は、それが自分の従卒だった吉原であることをたしかめた。彼は、自分に口返事ばかりして、拍車を錆びさしたりしたことを思い出して、むっとした。

「不軍紀な! 何て不軍紀な!」

彼は腹立たしげに怒鳴った。それが、急に調子の変った激しい声だったので、イワンは自分に何か云われたのかと思って、はっとした。

彼が、大佐の娘に熱中しているのを探り出して、云いふらしたのも吉原だった。

「不軍紀な、何て不軍紀な！　徹底的に犠牲にあげなきゃいかん！」

そして彼は、イワンに橇を止めさせると、すぐとびおりて、中隊長と云い合っている吉原の方へ雪に長靴をずりこませながら、大またに近づいて行った。

中隊長は少佐が来たのに感づいて、にわかに威厳を見せ、吉原の頬をなぐりつけた。

イワンは、橇が軽くなると、誰れにも乗って貰いたくないと思った。彼は手綱を引いて馬を廻し、戦線から後方へ引き下った。彼が一番長いこと将校をのせて、くたびれ儲けをした最後の男だった。兵タイをのせていた橇は、三露里も後方に下って、それからなお向うへ走り去ろうとしていた。

彼は、疲れない程度に馬を進めながら、暫らくして、兵卒と将校とが云い合っていた方を振りかえった。

でっぷり太った大隊長が浅黒い男の傍に立っていた。大隊長は怒って唇をふくらましていた。そこから十間ほど距《へだた》って、背後に、一人の将校が膝をついて、銃を射撃の姿勢にかまえ兵卒をねらっていた。それはこちらからこそ見えるが、兵卒には見えないだろう。不意打を喰わすのだ。イワンは人の悪いことをやっていると思った。

大隊長が三四歩あとすざって、合図に手をあげた。

将校の銃のさきから、パッと煙が出た。すると、色の浅黒い男は、丸太を倒すようにパタリと雪の上に倒れた。それと同時に、豆をはぜらすような音がイワンの耳にはいって来た。

再び、将校の銃先《つつさき》から、煙が出た。今度は弱々しそうな顴骨の尖っている、血痰を咯いている男が倒れた。

それまでおとなしく立っていた、物事に敏感な顔つきをしている兵卒が、突然、何か叫びながら、帽子をぬぎ棄てて前の方へ馳せだした。その男もたしか将校と云いあっていた一人だった。

イワンは、恐ろしく、肌が慄えるのを感じた。そして、馬の方へ向き直り、鞭をあてて早くその近くから逃げ去ってしまおうとした。馳せだした男が——その男は色が白かった——どうなるか、彼は、それを振りかえって見るに堪えなかった。彼はつづけて馬に鞭をあてた。

どうして、あんなに易々と人間を殺し得るのだろう！　どうして、あの男が殺されなければならないのだろう！　そんなにまでしてロシア人と戦争をしなければならないのか！

彼は、一方では、色白の男がどうなったか、それが気にかかっていた。——やられたか、どうなったか……。でも殺される場景を目撃するのはたまらなかった。

暫らく馳せて、イワンは、もうどっちにか片がついただろうと思いながら、振りかえった。さきの男は、なお雪の上を馳せていた。雪は深かった。膝頭《ひざがしら》まで脚がずりこんでいた。それを無理やりに、両手であがきながら、足をかわしていた。

その男は、悲鳴をあげ、罵《ののし》った。

イワンは、それ以上見ていられなかった。やりきれないことだ。だが無情に殺してしまうだろう。彼は馬の方へむき直った。と、その時、後方で、豆がはぜるような発射の音がした。しかし、彼は、あとへ振りかえらなかった。それに堪えなかったのだ。

「日本人って奴は、まるで狂犬だ。馬鹿な奴だ！」

八

駅者達は、兵士がおりると、ゆるゆる後方へ引っかえした。皆な商人にだまされたことを腹立てていた。ロシア人を殺させるために、日本人を運んできてやったのだ。そして彼等はロシア人だ！

「人をぺてんにかけやがった！　畜生！」

彼等は、暫らく行くと、急に速力を早めた。そして最大の速力で、銃弾の射程距離外に出てしまった。

そこで、つるすことを禁じられていた鈴をポケットから出して馬につけ、のんきに、快く橇を駆った。

今までポケットで休んでいた鈴は、さわやかに、馬の背でリンリン鳴った。

馬は、鼻から蒸気を吐いた。そして、はてしない雪の曠野を、遠くへ走り去った。

殺し合いをしている兵士の群は、後方の地平線上に、次第に小さく、小さくうごめいていた。そして、ついには蟻のようになり、とうとう眼界から消えてしまった。

九

雪の曠野は、大洋のようにはてしがなかった。

山が雪に包まれて遠くに存在している。しかし、行っても行っても、その山は同じ大きさで、同じ位置に据っていた。少しも近くはならないように見えた。人家もなかった。番人小屋もなかった。嘴《くちばし》の白い烏もとんでいなかった。

そこを、コンパスとスクリューを失った難破船のように、大隊がふらついていた。

兵士達は、銃殺を恐れて自分の意見を引っこめてしまった。近松少佐は思うままにすべての部下を威嚇した。兵卒は無い力まで搾《しぼ》って遮二無二《しゃにむに》にロシア人をめがけて突撃した。

——ロシア人を殺しに行くか、自分が×××るか、その二つしか彼等には道はないのだ！

けれども、そのため、彼等の疲労は、一層はげしくなったばかりだった。

大隊長は、兵卒を橇にして乗る訳には行かなかった。彼は橇が逃げてしまったのを部下の不注意のせいに帰して、そこらあたりに居る者をどなりつけたり、軍刀で雪を叩いたりした。彼の長靴は雪に取られそうになった。吉原に錆びさせられて腹立てた拍車は、今は、歩く妨げになるばかりだった。

食うものはなくなった。水筒の水は凍《こご》ってしまった。

銃も、靴も、そして身体も重かった。兵士は、雪の上を倒れそうになりながら、あてもなく、ふらふら歩いた。彼等は自分の死を自覚した。恐らく橇を持って助けに来る者はないだろう。

どうして、彼等は雪の上で死ななければならないか。どうして、ロシア人を殺しにこんな雪の曠野にまで乗り出して来なければならなかったか？　ロシア人を撃退したところで自分達には何等の利益もありはしないのだ。

彼等は、たまらなく憂欝になった。彼等をシベリアへよこした者は、彼等がこういう風に雪の上で死ぬことを知りつつ見す見すよこしたのだ。炬たつに、ぬくぬくと寝そべって、いい雪だなあ、と云っているだろう。彼等が死んだことを聞いたところで、「あ、そうか。」と云うだけだ。そして、それっきりだ。

彼等は、とぼとぼ雪の上をふらついた。……でも、彼等は、まだ意識を失ってはいなかった。怒りも、憎悪も、反抗心も。

彼等の銃剣は、知らず知らず、彼等をシベリアへよこした者の手先になって、彼等を無謀に酷使した近松少佐の胸に向って、奔放に惨酷に集中して行った。

雪の曠野は、大洋のようにはてしなかった。

山が雪に包まれて遠くに存在している。しかし、行っても行っても、その山は同じ大きさで、同じ位置に据っていた。少しも近くはならないように見えた。人家もなかった。番人小屋もなかった。嘴の白い鳥もとんでいなかった。

そこを、空腹と、過労と、疲憊《ひはい》の極に達した彼等が、あてもなくふらついていた。靴は重く、寒気は腹の芯にまでしみ通って来た。……

渦巻ける鳥の群

一

「アナタア、ザンパン、頂だい。」

　子供達は青い眼を持っていた。そして、毛のすり切れてしまった破れ外套にくるまって、頭を襟の中に埋《うず》めるようにすくんでいた。娘もいた。少年もいた。靴が破れていた。そこへ、針のような雪がはみこんでいる。

　松木は、防寒靴をはき、ズボンのポケットに両手を突きこんで、炊事場の入口に立っていた。

　風に吹きつけられた雪が、窓硝子を押し破りそうに積りかかっていた。谷間の泉から湧き出る水は、その周囲に凍《い》てついて、氷の岩が出来ていた。それが、丁度、地下から突き出て来るように、一昨日よりは昨日、昨日よりは今日の方がより高くもれ上って来た。彼は、やはり西伯利亜《シベリア》だと思った。氷が次第に地上にもれ上って来ることなどは、内地では見られない現象だ。

子供達は、言葉がうまく通じないなりに、松木に憐れみを求め、こびるような顔つきと態度とを五人が五人までしてみせた。

彼等が口にする「アナタア」には、露骨にこびたアクセントがあった。

「ザンパンない？」子供達は繰かえした。「……アナタア！　頂だい、頂だい！」

「あるよ。持って行け。」

松木は、残飯桶のふちを操《と》って、それを入口の方へころばし出した。

そこには、中隊で食い残した麦飯が入っていた。パンの切れが放りこまれてあった。その上から、味噌汁の残りをぶちかけてあった。

子供達は、喜び、うめき声を出したりしながら、互いに手をかきむしり合って、携えて来た琺瑯《ほうろう》引きの洗面器へ残飯をかきこんだ。

炊事場は、古い腐った漬物の臭いがした。それにバターと、南京袋の臭いがまざった。調理台で、牛蒡《ごぼう》を切っていた吉永が、南京袋の前掛けをかけたまま入口へやって来た。

武石は、ペーチカに白樺の薪を放りこんでいた。ペーチカの中で、白樺の皮が、火にパチパチはぜった。彼も入口へやって来た。

「コーリヤ。」

松木が云った。

「何？」

コーリヤは眼が鈴のように丸くって大きく、常にくるくる動めいている、そして顔にどっか尖ったところのある少年だった。

「ガーリヤはいるかね？」

「いるよ。」

「どうしてるんだ。」

「用をしてる。」

コーリヤは、その場で、汁につかったパン切れをむしゃむしゃ頬張っていた。

ほかの子供達も、或はパンを、或は汁づけの飯を手に摑んでむしゃむしゃ食っていた。

「うまいかい？」

「うむ。」

「つめたいだろう。」

彼等は、残飯桶の最後の一粒まで洗面器に拾いこむと、それを脇にかかえて、家の方へ雪の丘を馳せ登った。

「有がとう。」

「有がとう。」

「有がとう。」

子供達の外套や、袴の裾が風にひらひらひるがえった。

三人は、炊事場の入口からそれを見送っていた。

彼等の細くって長い脚は、強いバネのように、勢いよくぴんぴん雪を蹴って、丘を登っていた。

「ナーシヤ！」

「リーザ！」

武石と吉永とが呼んだ。

「なアに？」

丘の上から答えた。

子供達は、皆な、一時に立止まって、谷間の炊事場を見下した。

「飯をこぼすぞ。」

吉永が日本語で云った。

「なアに？」

吉永は、少女にこちらへ来るように手まねきをした。

丘の上では、彼等が、きゃあきゃあ笑ったり叫んだりした。

そして、少し行くと、それから自分の家へ分れ分れに散らばってしまった。

二

山が、低くなだらかに傾斜して、二つの丘に分れ、やがて、草原に連って、広く、遠くへ展開している。

兵営は、その二つの丘の峡間《はざま》にあった。

丘のそこかしこ、それから、丘のふもとの草原が延びて行こうとしているあたり、そこらへんに、露西亜人の家が点々として散在していた。革命を恐れて、本国から逃げて来た者もあった。前々から、西伯利亜に土着している者もあった。

彼等はいずれも食うに困っていた。彼等の畑は荒され、家畜は掠奪された。彼等は安心して仕事をすることが出来なかった。彼等は生活に窮するより外、道がなかった。

板壁の釘が腐って落ちかけた木造の家に彼等は住んでいた。屋根は低かった。家の周囲には、藁やごみを散らかしてあった。

処々に、うず高く積上げられた乾草があった。

荷車は、軒場に乗りつけたまま放ってあった。

室内には、古いテーブルや、サモワールがあった。刺繍《ししゅう》を施したカーテンがつるしてあった。でも、そこからは、動物の棲家《すみか》のように、異様な毛皮と、獣油の臭いが発散して来た。

それが、日本の兵卒達に、如何にも、毛唐の臭いだと思わせた。

子供達は、そこから、琺瑯引きの洗面器を抱えて毎日やって来た。ある時は、老人や婆さんがやって来た。ある時は娘がやって来た。

吉永は、一中隊から来ていた。松木と武石とは二中隊の兵卒だった。

三人は、パン屑のまじった白砂糖を捨てずに皿に取っておくようになった。食い残したパンに味噌汁をかけないようにした。そして、露西亜人が来ると、それを皆に分けてやった。

「お前ンとこへ遊びに行ってもいいかい？」

「どうぞ。」

「何か、いいことでもあるかい？」

「何ンにもない。……でもいらっしゃい、どうぞ。」

その言葉が、朗らかに、快活に、心から、歓迎しているように、兵卒達には感じられた。

兵卒は、殆んど露西亜語が分らなかった。けれども、そのひびきで、自分達を歓迎していることを、捷《すばや》く見てとった。

晩に、炊事場の仕事がすむと、上官に気づかれないように、一人ずつ、別々に、息を切らしながら、雪の丘を攀《よ》じ登った。吐き出す呼気《いき》が凍《こご》って、防寒帽の房々した毛に、それが霜のようにかたまりついた。

彼等は、家庭の温かさと、情味とに飢え渇していた。西伯利亜へ来てから何年になるだろう。まだ二年ばかりだ。しかし、もう十年も家を離れ、内地を離れているような気がした。海上生活者が港にあこがれ、陸を恋しがるように、彼等は、内地にあこがれ、家庭を恋しがった。

彼等の周囲にあるものは、はてしない雪の曠野と、四角ばった煉瓦の兵営と、撃ち合いばかりだ。

誰のために彼等はこういうところで雪に埋れていなければならないだろう。それは自分のためでもなければ親のためでもないのだ。懐手をして、彼等を酷使していた者どものためだ。それは、××××なのだ。

敵のために、彼等は、只働きをしてやっているばかりだ。

吉永は、胸が腐りそうな気がした。息づまりそうだった。極刑に処せられることなしに兵営から逃出し得るならば、彼は、一分間と雖《いえど》も我慢していたくはなかった。――僅かの間でもいい、兵営の外に出たい、情味のある家庭をのぞきたい。そういう慾求を持って、彼は、雪の坂道を攀じ登った。

丘の上には、リーザの家があった。彼はそこの玄関に立った。

扉には、隙間風《すきまかぜ》が吹きこまないように、目貼りがしてあった。彼は、ポケットから手を出して、その扉をコツコツ叩いた。

「今晩は《ズラシテ》。」

屋内ではペーチカを焚き、暖気が充ちている。その気はいが、扉の外から既に感じられた。

「今晩は。」

「どうぞ、いらっしゃい。」

朗らかで張りのある女の声が扉を通してひびいて来た。

「まあ、ヨシナガサン！　いらっしゃい。」

娘は嬉しそうに、にこにこしながら、手を出した。

彼は、始め、握手することを知らなかった。それまで、握手をしたことがなかったのだ。何か悪いことをするように、胸がおどおどした。

が、まもなく、平気になってしまった。

のみならず、相手がこちらの手を強く握りかえした時には、それは、何を意味しているか、握手と同時に、眼をどう使うと、それはこう云っているのだ。気がすすまぬように、だらりと手を出せば、それは見込がない。等々……。握手と同時に現われる、相手の心を読むことを、彼は心得てしまった。

吉永がテーブルと椅子と、サモワールとがある部屋に通されている時、武石は、鼻から蒸気を吐きながら、他の扉を叩いていた。それから、稲垣、大野、川本、坂田、みなそれぞれ二三分間おくれて、別の扉を叩くのであった。

「今晩は《ズラシテ》。」

そして、相手がこちらの手を握りかえす、そのかえしようと、眼に注意を集中しているのであった。

彼等のうちのある者は、相手が自分の要求するあるものを与えてくれる、とその眼つきから読んだ。そして胸を湧き立たせた。

「よし、今日は、ひとつ手にキスしてやろう。」

一人の女に、二人がぶつかることがあった。三人がぶつかることもあった。そんな時、彼等は、帰りに、丘を下りながら、ひょいと立止まって、顔を見合わせ、からから笑った。

「ソペールニクかな。」

「ソペールニクって何だい？」

「ソペールニク……競争者だよ。つまり、恋を争う者なんだ。ははは。」

三

松木も丘をよじ登って行く一人だった。

彼は笑ってすませるような競争者がなかった。

彼は、朗らかな、張りのある声で、「いらっしゃい、どうぞ!」と女から呼びかけられたこともなかった。

若しそれが恋とよばれるならば、彼の恋は不如意な恋だった。彼は、丘を登りしなに、必ず、パンか、乾麵麭《かんめんぽう》か、砂糖かを新聞紙に包んで持っていた。それは兵卒に配給すべきものの一部をこっそり取っておいたものだった。彼は、それを持って丘を登り、そして丘を向うへ下った。

三十分ほどたつと、彼は手ぶらで、悄然と反対の方から丘を登り、それから、兵営へ丘を下って帰って来た。ほかの者たちは、まだ、ペーチカを焚いている暖かい部屋で、胸をときめかしている時分だった。

「ああ、もうこれでやめよう!」彼は、ぐったり雪の上にへたばりそうだった。「あほらしい。」

丘のふもとに、雪に埋れた広い街道がある。雪は橇や靴に踏みつけられて、固く凍っている。そこへ行くまでに、聯隊の鉄条網が張りめぐらされてあった。彼は、毎晩、その下をくぐりぬけ、氷で辷りそうな道を横切って、ある窓の下に立ったのであった。

「ガーリヤ!」

彼は、指先で、窓硝子をコツコツ叩いた。肺臓まで凍りつきそうな寒い風が吹きぬけて行った。彼は、その軒の下で暫らく佇んでいた。

「ガーリヤ！」

そして、また、硝子を叩いた。

「何？」

女が硝子窓の向うから顔を見せた。唇の間に白い歯がのぞいている。それがひどく愛嬌を持っている。

「這入《はい》ってもいい？」

「それ何？」

「パンだ。あげるよ。」

女は、新聞紙に包んだものを窓から受取ると、すぐ硝子戸を閉めた。

「おい、もっと開けといてくれんか。」

「……室が冷えるからだめ。――一度開けると薪三本分損するの。」

彼女は、桜色の皮膚を持っていた。笑いかけると、左右の頬に、子供のような笑窪《えくぼ》が出来た。彼女は悪い女ではなかった。だが、自分に出来ることをして金を取らねばならなかった。親も、弟も食うことに困っているのだ。子供を持っている姉は、夫に吸わせる煙草を貰いに来た。

松木は、パンを持って来た。砂糖を持って来た。それから、五円六十銭の俸給で何かを買って持って来た。

でも、彼女の一家の生活を支えるには、あまりに金を持っていなすぎる。もっとよけいに俸給を取っている者が望ましい。

肉に饉《う》えているのは兵卒ばかりではなかった。

松木の八十五倍以上の俸給を取っているえらい人もやはり貪慾に肉を求めているのであった。

「私、用があるの。すみません、明日来てくださらない。」

ガーリヤは云った。

「いつでも明日来いだ。で、明日来りゃ、明後日だ。」

「いえ、ほんとに明日、――明日待ってます。」

四

雪は深くなって来た。

炊事場へザンパンを貰いに来る者たちが踏み固めた道は、新しい雪に蔽われて、あと方も分らなくなった。すると、子供達は、それを踏みつけ、もとの通りの道をこしらえた。

雪は、その上へまた降り積った。

丘の家々は、石のように雪の下に埋れていた。

彼方の山からは、始終、パルチザンがこちらの村を覗っていた。のみならず、夜になると、歩哨が、たびたび狼に襲われた。四肢が没してもまだ足りない程、深い雪の中を、狼は素早く馳せて来た。

狼は山で食うべきものが得られなかった。そこで、すきに乗じて、村落を襲い、鶏や仔犬や、豚をさらって行くのであった。彼等は群をなして、わめきながら、行くさきにあるものは何でも喰い殺さずにはおかないような勢いでやって来た。歩哨は、それに会うと、ふるえ上らずにはいられなかった。こちらは銃を持っているとは云え、二人だけしかいないのだ。慓悍《ひょうかん》な動物は、弾丸をくぐって直ちに、人に迫って来る。それは全く凄いものだった。衛兵は総がかりで狼と戦わねばならなかった。悪くすると、腋《わき》の下や、のどに喰いつかれるのだ。

薄ら曇りの日がつづいた。昼は短く、夜は長かった。太陽は、一度もにこにこした顔を見せなかった。松木は、これで二度目の冬を西伯利亜で過しているのであった。彼は疲れて憂欝になっていた。太陽が、地球を見棄ててどっかへとんで行っているような気がした。こんな状態がいつまでもつづけばきっと病気にかかるだろう。――それは、松木ばかりではなかった。同年兵が悉く、ふさぎこみ、疲憊《ひはい》していた。そして、女のところへ行く。そのことだけにしか興味を持っていなかった。

ガーリヤは、人眼をしのぶようにして炊事場へやって来た。古いが、もとは相当にものが良かったらしい外套の下から、白く洗い晒《さら》された彼女のスカートがちらちら見えていた。

「お前は、人をよせつけないから、ザンパンが有ったってやらないよ。」

「あら、そう。」

彼女は響きのいい、すき通るような声を出した。

「そうだとも、あたりまえだ。」

「じゃいい。」

黒く磨かれた、踵《かかと》の高い靴で、彼女はきりっと、ブン廻しのように一とまわりして、丘の方へ行きかけた。

「いや、うそだうそだ。今さっきほかの者が来てすっかり持って行っちゃったんだ。」

松木はうしろから叫んだ。

「いいえ、いらないわ。」

彼女の細長い二本の脚は、強いばねのように勢いよくはねながら、丘を登った。

「ガーリヤ！　待て！　待て！」

彼は乾麵麭を一袋握って、あとから追っかけた。

炊事場の入口へ同年兵が出てきて、それを見て笑っていた。

松木は息を切らし切らし女に追いつくと、空の洗面器の中へ乾麵麭の袋を放り込んだ。

「さあ、これをやるよ。」

ガーリヤは立止まって彼を見た。そして真白い歯を露《あら》わして、何か云った。彼は、何ということか意味が汲みとれなかった。しかし女が、自分に好感をよせていることだけは、円みのあるおだやかな調子ですぐ分った。彼は追っかけて来ていいことをしたと思った。

帰りかけて、うしろへ振り向くと、ガーリヤは、雪の道を辿りながら、丘を登っていた。

「おい、いいかげんにしろ。」炊事場の入口から、武石が叫んだ。「あんまりじゃれつきよると競争に行くぞ！」

五

吉永の中隊は、大隊から分れて、イイシへ守備に行くことになった。

HとSとの間に、かなり広汎な区域に亘って、森林地帯があった。そこには山があり、大きな谷があった。森林の中を貫いて、河が流ていた。そのあたりの地理は詳細には分らなかった。

だが、そこの鉄橋は始終破壊された。枕木はいつの間にか引きぬかれていた。不意に軍用列車が襲撃された。

電線は切断されづめだった。

HとSとの連絡は始終断たれていた。

そこにパルチザンの巣窟があることは、それで、ほぼ想像がついた。

イイシへ守備中隊を出すのは、そこの連絡を十分にするがためであった。

吉永は、松木の寝台の上で私物を纏めていた。炊事場を引き上げて、中隊へ帰るのだ。

彼は、これまでに、しばしば危険に身を曝《さら》したことを思った。

弾丸に倒れ、眼を失い、腕を落した者が、三人や四人ではなかった。

彼と、一緒に歩哨に立っていて、夕方、不意に、胸から血潮を迸《ほと》ばしらして、倒れた男もあった。坂本という姓だった。

彼は、その時の情景をいつまでもまざまざと覚えていた。

どこからともなく、誰れかに射撃されたのだ。

二人が立っていたのは山際だった。

交代の歩哨は衛兵所から列を組んで出ているところだった。もう十五分すれば、二人は衛兵所へ帰って休めるのだった。

夕日が、あかあかと彼方の地平線に落ちようとしていた。牛や馬の群が、背に夕日をあびて、草原をのろのろ歩いていた。十月半ばのことだ。

坂本は、

「腹がへったなあ。」と云ってあくびをした。

「内地に居りゃ、今頃、野良から鍬をかついで帰りよる時分だぜ。」

「あ、そうだ。もう芋を掘る時分かな。」

「うむ。」

「ああ、芋が食いたいなあ！」

そして坂本はまたあくびをした。そのあくびが終るか終らないうちに、彼は、ぱたりと丸太を倒すように芝生の上に倒れてしまった。

吉永は、とび上った。

も一発、弾丸が、彼の頭をかすめて、ヒウと唸り去った。

「おい、坂本！　おい！」

彼は呼んでみた。

軍服が、どす黒い血に染った。

坂本はただ、「うう」と唸るばかりだった。

内地を出発して、ウラジオストックへ着き、上陸した。その時から、既に危険は皆の身に迫っていたのであった。

機関車は薪を焚いていた。

彼等は四百里ほど奥へ乗りこんで行った。時々列車からおりて、鉄砲で打ち合いをやった。そして、また列車にかえって、飯を焚いた。薪が燻《くすぶ》った。冬だった。機関車は薪がつきて、しょっちゅう動かなくなった。息が出来ぬくらいの寒さだった。向うへ着いた時には、まるで黒ン坊だった。彼は二カ月間顔を洗わなかった。そして流行感冒がはやっていた。兵営の上には、向うの飛行機が飛んでいた。街には到るところ、赤旗が流れていた。

そこでどうしたか。結局、こっちの条件が悪く、負けそうだったので、持って帰れぬ什《じゅう》器《き》を焼いて退却した。赤旗が退路を遮った。で、戦争をした。そして、また退却をつづけた。赤旗は流行感冒のように、到るところに伝播《でんぱ》していた。また戦争だ。それからどうしたか？……

雪解の沼のような泥濘の中に寝て、戦争をしたこともあった。頭の上から、機関銃をあびせかけられたこともあった。

吉永は、自分がよくもこれまで生きてこられたものだと思った。一尺か二尺、自分の立っていた場所が横へそれていたら、死んでいるかもしれないのだ。

これからだって、どうなることか、分るものか！　分るものか！　俺が一人死ぬことは、誰れも屁とも思っていないのだ。ただ、自分のことを心配してくれるのは、村で薪出しをしているお母《ふくろ》だけだ。

彼は、お母がこしらえてくれた守り袋を肌につけていた。新しい白木綿で縫った、かなり大きい袋だった。それが、垢や汗にしみて黒く臭くなっていた。彼は、それを開けて、新しい袋に入れかえようと思った。彼は、袋を鋏で切り開けた。お守りが沢山慾張って入れてある。金刀比羅宮、男山八幡宮、天照皇大神宮、不動明王、妙法蓮華経、水天宮。——母は、多ければ多いほど、御利益があると思ったのだろう！　それ等が、殆んど紙の正体が失われるくらいにすり切れていた。——まだある。別に、紙に包んだ奴が。彼はそれを開けてみた。そこには紙幣が入っていた。五円札と、五十銭札と、一円札とが合せて十円ぐらい入っている。母が、薪出しをしてためた金を内所で入れといてくれたのだろう。

「おい、おい。お守りの中から金が出てきたが。」

吉永は嬉しそうに云った。

「何だ。」

「お守りの中から金が出てきたんだ。」

「ほんとかい。」

「嘘を云ったりするもんか。」

「ほう、そいつぁ、儲けたな。」

松木と武石とが調理台の方から走《は》せ込んで来た。

札も、汗と垢とで黒くなっていた。

「どれどれ、内地の札だな。」松木と武石とはなつかしそうに、それを手に取って見た。

「内地の札を見るんは久しぶりだぞ。」

「お母が多分内所で入れてくれたんだ。」

「それをまた今まで知らなかったとは間がぬけとるな。……全く儲けもんだ。」

「うむ、儲けた。……半分わけてやろう。」

吉永は、自分が少くとも、明後日は、イイシへ行かなければならないことを思った。雪の谷や、山を通らなければならない。そこにはパルチザンがいる。また撃ち合いだ。生命がどうなるか。誰れが知るもんか！　誰れが知るもんか！

六

松木は、酒保から、餡《あん》パン、砂糖、パインアップル、煙草などを買って来た。晩におそくなって、彼は、それを新聞紙に包んで丘を登った。石のように固く凍てついている雪は、靴にかちかち鳴った。空気は鼻を切りそうだ。彼は丘を登りきると、今度は向うへ下った。丘の下のあの窓には、灯がともっていた。人かげが、硝子戸の中で、ちらちら動いていた。

彼は歩きながら云ってみた。

「ガーリヤ。」

「ガーリヤ。」

「ガーリヤ。」

「あんたは、なんて生々しているんだろう。」

さて、それを、ロシア語ではどう云ったらいいかな。

丘の下でどっか人声がするようだった。三十すぎの婦人の声だ。それに一人は日本人らしい。何を云っているのかな。彼はちょいと立止まった。なんでも声が、ガーリヤの母親に似ているような気がした。が、声は、もうぷっつり聞えなかった。すると、まもなくすぐそこの、今まで開いていた窓に青いカーテンがさっと引っぱられた。

「おや、早や、寝る筈はないんだが……」彼はそう思った。そして、鉄条網をくぐりぬけ、窓の下へしのびよった。

「今晩は、――ガーリヤ！」

――彼が窓に届くように持って来ておいた踏石がとりのけられている。

「ガーリヤ。」

砕かれた雪の破片が、彼の方へとんで来た。彼の防寒外套の裾のあたりへぱらぱらと落ちた。雪はまたとんできた。彼の背にあたった。でも彼は、それに気づかなかった。そして、じいっと、窓を見上げていた。

「ガーリヤ！」

彼は、上に向いて云った。星が切れるように冴えかえっていた。

「おい、こらッ！」

さきから、雪を投げていた男が、うしろの白樺のかげから靴をならしてとび出て来た。武石だった。

松木は、ぎょっとした。そして、新聞紙に包んだものを雪の上へ落しそうだった。彼は、若し将校か、或は知らない者であった場合には、何もかも投げすてて逃げ出そうと瞬間に心かまえたくらいだった。

「また、やって来たな。」武石は笑った。

「君かい。おどかすなよ。」

松木は、暫らく胸がどきどきするのが止まらなかった。彼は、武石だと知ると同時に、吉永から貰った金で、すぐさま、女の喜びそうなものを買って来たことをきまり悪く思った。「砂糖とパイナップルは置いて来ればよかった。」

「誰れかさきに、ここへ来た者があるんだ。」と武石が声を落して窓の中を指した。「俺《お》れゃ、君が這入ったんかと思うて、ここで様子を伺うとったんだ。」

「誰れだ？」

「分らん。」

「下士か、将校か？」

「ぼっとしとって、それが分らないんだ。」

「誰奴《どいつ》かな。」

「――中に這入って見てやろう。」

「よせ、よせ、……帰ろう。」

松木は、若し将校にでも見つかると困る、――そんなことを思った。

「このまま帰るのは意気地がないじゃないか。」

武石は反撥した。彼は、ガンガン硝子戸を叩いた。

「ガーリヤ、ガーリヤ、今晩《ズラシテ》は！」

次の部屋から面倒くさそうな男の声がひびいた。

「ガーリヤ！」

「何だい。」

ウラジオストックの幼年学校を、今はやめている弟のコーリヤが、白い肩章のついた軍服を着てカーテンのかげから顔を出した。

「ガーリヤは？」

「用をしてる。」

「一寸来いって。」

「何です？　それ。」

コーリヤは、松木の新聞包を見てたずねた。

「こら酒だ。」松木が答えないさきに、武石が脚もとから正宗の四合罎《びん》を出して来た。「沢山いいものを持って来とるよ。」

武石は、包みの新聞紙を引きはぎ、硝子戸の外から、罎をコーリヤの眼のさきへつき出した。松木は、その手つきがものなれているなと思った。

「呉れ《ダワイ》。」コーリヤは手を動かした。

でも、その手つきにいつものような力がなく、途中で腰を折られたように挫《くじ》けた。いつも無遠慮なコーリヤに珍らしいことだった。

武石も、物を持って来て、やっているんだな、と松木は思った。じゃ、自分もやることは恥かしくない訳だ。彼はコーリヤが遠慮するとなおやりたくなった。

「さ、これもやるよ。」彼は、パイナップルの鑵詰を取出した。

コーリヤはもじもじしていた。

「さ、やるよ。」

「有がとう。」

顔にどっか剣《けん》のある、それで一寸沈んだ少年が、武石には、面白そうな奴だと思われた。

「もっとやろうか。」

少年は呉れるものは欲しいのだが、貰っては悪いというように、遠慮していた。

「煙草と砂糖。」松木は、窓口へさし上げた。

「有がとう。」

コーリヤが、窓口から、やったものを受取って向うへ行くと、

「きっと、そこに誰れか来とるんだ。」と、武石は、小声で、松木にささやいた。

「誰れだな、俺れゃどうも見当がつかん。」

「這入りこんで現場を見届けてやろう。」

二人は耳をすました。二つくらい次の部屋で、何か気配がして、開けたてに扉が軋《きし》る音が聞えてきた。サーベルの鞘《さや》が鳴る。武石は窓枠に手をかけて、よじ上り、中をのぞきこんだ。

「分るか。」

「いや、サモヴールがじゅんじゅんたぎっとるばかりだ。――ここはまさか、娘を売物にしとる家じゃないんだろうな。」

コーリヤが扉《ドア》のかげから現れて来た。窓から屋内へ這入ろうとするかのように、よじ上っている武石を見ると、彼は急に態度をかえて、

「いけない！　いけない！」叱るように、かすれた幅のある声を出した。

武石は、突然、その懸命な声に、自分が悪いことをしているような感じを抱かせられ、窓から辷り落ちた。

コーリヤは、窓の方へ来かけて、途中、ふとあとかえりをして、扉をぴしゃっと閉めた。暫らく二人は窓の下に佇んでいた。丘の上の、雪に蔽われた家々には、灯がきらきら光っていた。武石は、そこにも女がいることを思った。吉永が、温かい茶をのみながら、リーザと名残を惜んでいるかも知れない。やせぎすな、小柄なリーザに、イイシまで一緒に行くことをすすめているだろう。多分、彼も、何かリーザが喜びそうなものを買って持って行っているのに違いない。武石は、小皺のよった、人のよさそうな、吉永の顔を思い浮べた。そして、自から、ほほ笑ましくなった。——吉永は、危険なイイシ守備に行ってしまうのだ。

丘の上のそこかしこの灯が、カーテンにさえぎられ、ぽつぽつ消えて行った。

「お休み。」

一番手近の、グドコーフの家から、三四人同年兵が出て行った。歩きながら交す、その話声が、丘の下までひびいて来た。兵営へ帰っているのだ。

不意に頭の上で、響きのいい朗らかなガーリヤの声がした。二人は、急に、それでよみがえったような気がした。

「ばあ!」彼女は、硝子戸の中から、二人に笑って見せた。「いらっしゃい、どうぞ。」

玄関から這入ると、松木は、食堂や、寝室や、それから、も一つの仕事部屋をのぞきこんだ。

「誰れが来ていたんです？」

「少佐《マイヨール》。」

「何？」二人とも言葉を知らなかった。

「マイヨールです。」

「何だろう。マイヨールって。」松木と武石とは顔を見合わした。「振《ま》い寄ると解釈すりや、ダンスでもする奴かな。」

七

少佐は、松木にとって、笑ってすませる競争者ではなかった。

二人が玄関から這入って行った、丁度その時、少佐は勝手口から出て来た。彼は不機嫌に怒って、ぷりぷりしていた。十八貫もある、でっぷり肥った、髯のある男だ。彼の靴は、固い雪を蹴散らした。いっぱいに拡がった鼻の孔は、凍った空気をかみ殺すように吸いこみ、それから、その代りに、もうもうと蒸気を吐き出した。

彼は、屈辱（！）と憤怒に背が焦げそうだった。それを、やっと我慢して押しこらえていた。そして、本部の方へ大股に歩いて行った。……途中で、ふと、彼は、踵《きびす》をかえした。

つい、今さっきまで、松木と武石とが立っていた窓の下へ少佐は歩みよった。彼は、がん丈で、せいが高かった。つまさきで立ち上らずに、カーテンの隙間から部屋の中が見えた。

そこには、二人の一等卒が、正宗の四合壜を立てらして、テーブルに向い合っていた。ガーリヤは、少し上気したような顔をして喋っている。白い歯がちらちらした。薄荷のようにひりひりする唇が微笑している。

彼は、嫉妬と憤怒が胸に爆発した。大隊を指揮する、取っておきのどら声で怒《ど》なりつけようとした。その声は、のどの最上部にまで、ぐうぐう押し上げて来た。

が、彼は、必死の努力で、やっとそれを押しこらえた。そして、前よりも二倍位い大股に、聯隊へとんで帰った。

「女のところで酒をのむなんて、全くけしからん奴だ！」

営門で捧《ささ》げ銃《つつ》をした歩哨は何か怒声をあびせかけられた。

衛兵司令は、大隊長が鞭で殴りに来やしないか、そのひどい見幕を見て、こんなことを心配した位いだった。

「副官！」

彼は、部屋に這入るといきなり怒鳴った。

「副官！」

副官が這入って来ると、彼は、刀もはずさず、椅子に腰を落して、荒い鼻息をしながら、

「速刻《そっこく》不時点呼。すぐだ、すぐやってくれ！」

「はい。」

「それから、炊事場へ露西亜人をよせつけることはならん。残飯は一粒と雖も、やることは絶対にならん。厳禁してくれ。」

「はい。」

「よし、それだけだ。」

副官が、命令を達するために、次の部屋へ引き下ると、彼はまた叫んだ。

「副官！」

「はい。」

「この点呼に、もしもおくれる者があったら、その中隊を、第一中隊の代りに、イイシ守備に行かせること、そうしてくれ。罰としてここには置かない。そうするんだ。――すぐだ、速刻やってくれ！」

八

一隊の兵士が雪の中を黙々として歩いて行った。疲れて元気がなかった。雪に落ちこむ大きな防寒靴が、如何にも重く、邪魔物のように感じられた。

雪は、時々、彼等の脛にまで達した。すべての者が憂欝と不安に襲われていた。中隊長の顔には、焦慮の色が表われている。

草原も、道も、河も悉く雪に蔽われていた。

枝に雪をいただいて、それが丁度、枝に雪がなっているように見える枯木が、五六本ずつ所々に散見する外、あたりには何物も見えなかった。どこもかしこも、すべて、まぶしく光っている白い雪ばかりだった。そして、何等の音も、何等の叫びも聞えなかった。ばりばり雪を踏み砕いて歩く兵士の靴音は、空に呑まれるように消えて行った。

彼等は、早朝から雪の曠野を歩いているのであった。彼等は、昼に、パンと乾麺麭をかじり、雪を食ってのどを湿した。

どちらへ行けばイイシに達しられるか！

右手向うの小高い丘の上から、銃を片手に提げ、片手に剣鞘を握って、斥候が馳せ下りて来た。彼は、銃が重くって、手が伸びているようだった。そして、雪の上にそれを引きずりながら、馳せていた。松木だった。

彼は、息を切らし、中隊長の傍まで来ると、引きずっていた銃を如何にも重そうに持ち上げて、「捧げ銃」をした。彼の手は凍って、思う通りに利かなかった。銃は、真直に、形正しく、鼻のさきへ持ち上げることが出来なかった。

中隊長は、不満げに、彼を睨んだ。「も一度。そんな捧げ銃があるか!」その眼は、そう云っているようだった。

松木は、息切れがして、暫らくものを云うことが出来なかった。鼻孔から、喉頭が、マラソン競走をしたあとのように、乾燥し、硬ばりついている。彼は唾液《つばき》を出して、のどを湿そうとしたが、その唾液が出てきなかった。雪の上に倒れて休みたかった。

「どうしたんだ?」

中隊長は腹立たしげに眼に角立てた。

「道が、どうしても、」松木は息切れがして、つづけてものを云うことが出来なかった。

「どうしても、分らないんであります。」

「露助は、どうしてるんだ。」

「はい。スメターニンは、」また息切れがした。「雪で見当がつかんというのであります。」

「仕様がない奴だ。大きな河があって、河の向うに、樅の林がある。そういうところは見つからんか、そこへ出りゃ、すぐイイシへ行けるんだ。」

「はい。」

「露助にやかましく云って案内さして見ろ！」

中隊長は歩きながら、腹立たしげに、がみがみ云った。「場合によっては銃剣をさしつけてもかまわん。あいつが、パルチザンと策応して、わざと道を迷わしとるのかもしれん。それをよく監視せにゃいかんぞ！」

「はい。」

松木は、若し交代さして貰えるかと、ひそかにそんなことをあてにして、暫らく中隊長の傍を並んで歩いていた。

彼は蒼くなって居た。身体中の筋肉が、ぶちのめされるように疲れている。頭がぼんやりして耳が鳴る。

だが、中隊長は、彼を休ませようとはしなかった。

「おい行くんだ。もっとよく探して見ろ！」

ふらふら歩いていた松木は、疲れた老馬が鞭のために、最後の力を搾るように、また、銃を引きずって、向うへ馳せ出した。

「おい、松木！」中隊長は呼び止めた。「道を探すだけでなしに、パルチザンがいやしないか、家があるか、鉄道が見えるか、よく気をつけてやるんだぞ。」

「はい。」

斥候は、やがて、丘を登って、それから向うの谷かげに消えてしまった。そこには武石と、道案内のスメターニンとが彼を待っていた。

松木と武石とは、朝、本隊を出発して以来つづけて斥候に出されているのであった。

中隊長は、不機嫌に、二人に怒声をあびせかけた。

「中隊がイイシ守備に行かなけりゃならんのは誰れのためだと思うんだ！　お前等、二人が脱柵して女のところで遊びよったせいじゃないか！」彼は、心から怒っているような眼で二人をにらみつけた。「中隊長は、皆んなを危険なところへは曝しとうない。中隊が可愛いいんだ。それを、危険なところへ行かなけりゃならんようにしたのは、貴様等二人だぞ！　軍人にあるまじきことだ！」

そして二人は骨の折れる、危険な勤務につかせられた。

松木と武石とは、雪の深い道を中隊から十町ばかりさきに出て歩いた。そして見た状勢を、馳け足で、うしろへ引っかえして報告した。報告がすむと、また前に出て行くことを命じられた。雪は深く、そしてまぶしかった。二人は常に、前方と左右とに眼を配って行かなければならなかった。報告に、息せき息せき引っかえすたびに、中隊長は、不満げに、腹立たしそうな声で何か欠点を見つけてどなりつけた。

雪の上に腰を落して休んでいた武石は、

「まだ交代さしてくれんのか。」ときいた。

「ああ。」松木の声にも元気がなかった。

「弱ったなア——俺れゃ、もうそこで凍え死んでしまう方がましだ！」

武石は泣き出しそうに吐息をついた。

二人は、スメターニンと共に、また歩きだした。丘を下ると、浅い谷があった。それから、緩慢な登りになっていた。それを行くと、左手には、けわしい山があった。右には、雪の曠野が遥か遠くへ展開している。

山へ登ってみよう、とスメターニンが云いだした。山から見下せば地理がはっきり分るかもしれなかった。それには、しかし、中隊が麓へ到着するまでに登って、様子を見て、おりてきなければならなかった。そうしなければ、また中隊長がやかましく云うのだ。

山のひだは、一層、雪が深かった。松木と武石とは、銃を杖にしてよじ登った。そこには熊の趾跡《あしあと》があった。それから、小さい、何か分らぬ野獣の趾跡が到るところに印されていた。蓬《よもぎ》が雪に蔽われていた。灌木の株に靴が引っかかった。二人は、熱病のように頭がふらふらした。何もかも取りはずして、雪の上に倒れて休みたかった。

山は頂上で、次の山に連っていた。そしてそれから、また次の山が、丁度、珠数のように遠くへ続いていていた。

遠く彼方の地平線まで白い雪ばかりだ。スメターニンはやはり見当がつかなかった。

中隊は、丘の上を蟻のように遅々としてやって来ていた。それは、広い、はてしのない雪の曠野で、実に、二三匹の蟻にも比すべき微々たるものであった。

「どっちへでもいい、ええかげんで連れてって呉れよ。」二人は、やけになった。

「あんまり追いたてるから、なお分らなくなっちまったんだ。」

スメターニンは、毛皮の帽子をぬいで額の汗を拭いた。

九

薄く、そして白い夕暮が、曠野全体を蔽い迫ってきた。

どちらへ行けばいいのか！

疲れて、雪の中に倒れ、そのまま凍死してしまう者があるのを松木はたびたび聞いていた。

疲労と空腹は、寒さに対する抵抗力を奪い去ってしまうものだ。

一個中隊すべての者が雪の中で凍死する、そんなことがあるものだろうか？　あってもいいものだろうか？

少佐の性慾の犠牲になったのだ。兵卒達はそういうことすら知らなかった。

何故、シベリアへ来なければならなかったか。それは、だれによこされたのか？　そういうことは、勿論、雲の上にかくれて彼等、には分らなかった。

われわれは、シベリアへ来たくなかったのだ。むりやりに来させられたのだ。——それすら、彼等は、今、殆んど忘れかけていた。

彼等の思っていることは、死にたくない。どうにかして雪の中から逃《の》がれて、生きていたい。ただそればかりであった。

雪の中へ来なければならなくせしめたものは、松木と武石とだ。

そして、道を踏み迷わせたのも松木と武石とだ。——彼等は、そんな風に思っていた。

それより上に、彼等に魔の手が強く働いていることは、兵士達には分らなかった。

彼等が、いくらあせっても、行くさきにあるものは雪ばかりだった。彼等の四肢は麻痺してきだした。意識が遠くなりかけた。破れ小屋でもいい、それを見つけて一夜を明かしたい！

だが、どこまで行っても雪ばかりだ。……

最初に倒れたのは、松木だった。それから武石だった。

松木は、意識がぼっとして来たのは、まだ知っていた。だが、まもなく頭がくらくらして前後が分らなくなった。そして眠るように、意識は失われてしまった。

彼の四肢は凍った。そして、やがて、身体全体が固く棒のように硬ばって動かなくなった。

……雪が降った。白い曠野に、散り散りに横たわっている黄色の肉体は、埋められて行った。雪は降った上に降り積った。倒れた兵士は、雪に蔽われ、暫らくするうちに、背嚢も、靴も、軍帽も、すべて雪の下にかくれて、彼等が横たわっている痕跡は、すっかり分らなくなってしまった。

雪は、なお、降りつづいた。……

一〇

春が来た。

太陽は雲間からにこにこかがやきだした。枯木にかかっていた雪はいつのまにか落ちてしまった。雀の群が灌木の間をにぎやかに囀《さえず》り、嬉々としてとびまわった。鉄橋を渡って行く軍用列車の轟きまでが、のびのびとしてきたようだ。

積っていた雪は解け、雨垂れが、絶えず、快い音をたてて樋《とい》を流れる。

吉永の中隊は、イイシに分遣されていた。丘の上の木造の建物を占領して、そこにいる。兵舎の樋から落ちた水は、枯れた芝生の間をくぐって、谷間へ小さな急流をなして流れていた。

松木と武石との中隊が、行衛不明になった時、大隊長は、他の中隊を出して探索さした。大隊長は、心配そうな顔もしてみせた。遺族に対して申訳がない、そんなことも云った。――しかし、内心では、何等の心配をも感じてはいない。ばかりでなく、むしろ清々していた。気にかかるのは、師団長にどういう報告書を出すか、その事の方が大事であった。

一週間探した。しかし、行衛は依然として分らなかった。少佐は、もうそのことは、全然忘れてしまっているようだった。彼は、本部の二階からガーリヤの家の方を眺めて、口笛で、「赤い夕日」を吹いたりした。

春が来た。だが、あの一個中隊が、どこでどうして消えてしまったのか、今だにあとかたも分らなかった。

吉永は、丘の上の兵営から、まだ、すっかり雪の解けきらない広漠たる曠野を見渡しながら、自分がよくも今まで生きてこられたものだ、とひそかに考えていた。あの時、自分達の中隊が、さきに分遣されることになっていたのだ。それがどうしたのか、出発の前日に変更されてしまった。彼の中隊が、橇でなく徒歩でやって来ていたならば、彼も、今頃、どこで自分の骨を見も知らぬ犬にしゃぶられているか分らないのだ。

徒歩で深い雪の中へ行けば、それは、死に行くようなものだ。

彼等をシベリアへよこした者は、彼等が、弾丸の餌食になろうが、狼に食い殺されようが、屁とも思っていやしないのだ。二人や三人が死ぬことは勿論である。二百人死のうが何でもない。兵士の死ぬ事を、チンコロが一匹死んだ程にも考えやしない。代りはいくらでもあるのだ。それは、令状一枚でかり出して来られるのだ。……

丘の左側には汽車が通っていた。

河があった。そこには、まだ氷が張っていた。牛が、ほがほがその上を歩いていた。

右側には、はてしない曠野があった。

枯木が立っていた。解けかけた雪があった。黒い烏の群が、空中に渦巻いていた。陰欝に唖々《ああ》と鳴き交すその声は、丘の兵舎にまで、やかましく聞えてきた。それは、地平線の隅々からすべての烏が集って来たかと思われる程、無数に群がり、夕立雲のように空を蔽わぬばかりだった。

烏はやがて、空から地平をめがけて、騒々しくとびおりて行った。そして、雪の中を執念くかきさがしていた。

その群は、昨日も集っていた。

そして、今日もいる。

三日たった。しかし、烏は、数と、騒々しさと、陰欝さとを増して来るばかりだった。

或る日、村の警衛に出ていた兵士は、露西亜の百姓が、銃のさきに背嚢を引っかけて、肩にかついで帰って来るのに出会《でくわ》した。銃も背嚢も日本のものだ。

「おい、待て！　それゃ、どっから、かっぱらって来たんだ？」

「あっちだよ。」鬚もじゃの百姓は、大きな手をあげて、鳥が群がっている曠野を指さした。

「あっちに落ちとったんだ。」

「うそ云え！」

「あっちだ。あっちの雪の中に沢山落ちとるんだ。……兵タイも沢山死んどるだ。」

「うそ云え！」兵士は、百姓の頬をぴしゃりとやった。「一寸来い。中隊まで来い！」

日本の兵士が雪に埋れていることが明かになった。背嚢の中についていた記号は、それが、松木と武石の中隊のものであることを物語った。

翌日中隊は、早朝から、鳥が渦巻いている空の下へ出かけて行った。鳥は、既に、浅猿《あさま》しくも、雪の上に群がって、貪慾な嘴《くちばし》で、そこをかきさがしつついていた。

兵士達が行くと、鳥は、かあかあ鳴き叫び、雲のように空へまい上った。

そこには、半ば貪り啄《つつ》かれた兵士達の屍《しかばね》が散り散りに横たわっていた。顔面はさんざんに傷われて見るかげもなくなっていた。

雪は半ば解けかけていた。水が靴にしみ通ってきた。

やかましく鳴き叫びながら、空に群がっている鳥は、やがて、一町ほど向うの雪の上へおりて行った。

兵士は、烏が雪をかきさがし、つついているのを見つけては、それを追っかけた。烏は、また、鳴き叫びながら、空に廻《ま》い上って、二三町さきへおりた。そこにも屍があった。兵士はそれを追っかけた。

烏は、次第に遠く、一里も、二里も向うの方まで、雪の上におりながら逃げて行った。

パルチザン・ウォルコフ

一

牛乳色《ちちいろ》の靄が山の麓へ流れ集りだした。

小屋から出た鵞《がちょう》が、があがあ鳴きながら、河ふちへ這って行く。牛の群は吼えずに、荒々しく丘の道を下った。汚れたプラトオクに頭をくるんだ女が鞭を振り上げてあとからそれを追って行く。ユフカ村は、今、ようよう晨《あした》の眠りからさめたばかりだった。

森の樹枝を騒がして、せわしい馬蹄の音がひびいてきた。蹄鉄に蹴られた礫《こいし》が白樺の幹にぶつかる。馬はすぐ森を駈けぬけて、丘に現れた。それには羊皮の帽子をかむり、弾丸《たま》のケースをさした帯皮を両肩からはすかいに十文字にかけた男が乗っていた。

騎馬の男は、靄に包まれて、はっきりその顔形《かお》が見分けられなかった。けれども、プラトオクに頭をくるんだ牛を追う女は、馬が自分の傍を通りぬける時、なつこい声をかけた。

「ミーチャ！」

「ナターリイ。」

騎者の荒々しい声を残して、馬は、丘を横ぎり、ナターリイの前を矢のように走り抜けてしまった。

暫らくすると、再び森の樹枝が揺れ騒ぎだした。そして、足並の乱れた十頭ばかりの馬蹄の音が聞えて来た。日本軍に追撃されたパルチザンが逃げのびてきたのだ。

遠くで、豆をはぜらすような小銃の音がひびいた。

ドミトリー・ウォルコフは、（いつもミーチャと呼ばれている）乾草がうず高く積み重ねられているところまで丘を乗りぬけて行くと、急に馬首を右に転じて、山の麓の方へ馳せ登った。そこには屋根の低い、木造の百姓家が不規則に建ち並んでいた。馬は、家と家との間の狭い通りへ這入《はい》って行った。彼は馬の速力をゆるくした。そして、静かに、そこらにある車や、木切れなどを蹴散らさないように用心しいしい歩んだ。栗毛の肉のしまった若々しい馬は全速力で馳せのがれて来たため、かなり疲れて、呼吸がはずんでいた。

裏通りの四五軒目の、玄関とも、露台《バルコン》ともつかないような入口の作りつけられている家の前で、ウォルコフは、ひらりと身がるく馬からおりた。

人々は、眠から覚めたところだった。白い粘土で塗りかためられた煙突からは、紫色の煙が薄く、かすかに立のぼりはじめたばかりだ。

ウォルコフは、手綱をはなし、やわい板の階段を登って、扉《ドア》を叩いた。

寝室の窓から、彼が来たことを見ていた三十すぎのユーブカをつけた女は戸口へ廻って内から掛金《かけがね》をはずした。

「急ぐんだ、爺さんはいないか。」

「おはいり。」

女は、居るというしるしに、うなずいて見せて、自分の身《からだ》を脇の箱を置いてある方へそらし、ウォルコフが通る道をあけた。

「どうした、どうした。また××の犬どもがやって来やがったか。」

一分間ばかりたつと、その戸口へよく肥った、頬の肉が垂れ、眉毛が三寸くらいに長く伸びている老人がチャンチャンコを着て出てきた。

「ワーシカがやられた。」

「ワーシカが?」

「…………。」

ユーブカをつけた女は、頸を垂れ、急に改った、つつましやかな、悲しげな表情を浮べて十字を切った。

「あいつは、ええ若いものだったんだ！……可憐《かわい》そうなこった！」

老人は、十字を切って、やわい階段をおりて行った。おりて行きながら彼は口の中でなお、「可憐そうなこった、可憐そうなこった！」とくりかえした。

老人はウォルコフが乗りすてた栗毛の鞍やあぶみを外して、厩の方へ引いて行った。

ウォルコフは、食堂兼客間になっている室と、寝室とを通りぬけて、奥まった物置きへつれて行かれた。そこは、空気が淀んで床下の穴倉から、湿気と、貯えられた葱《ねぎ》や馬鈴薯の匂いが板蓋《いたぶた》の隙間《すきま》からすうっと伝い上って来た。彼は、肩から銃をおろし、剣を取り、羊皮の帽子も、袖に星のついた上衣も乗馬靴もすっかりぬぎ捨ててしまった。ユーブカをつけた女は、次の室から、爺さんの百姓服を持ってきた。

ウォルコフは、その百姓服に着換え、自分が馬上で纏っていた軍服や、銃を床下の穴倉へかくしてしまった。木蓋の上へは燕麦《えんばく》の這入った袋を持ってきて積み重ね、穴倉があることを分らなくした。

豆をはぜらすような鉄砲の音が次第に近づいて来た。

ウォルコフのあとから逃げのびたパルチザンが、それぞれ村へ馳せこんだ。そして、各々、家々へ散らばった。

二

ユフカ村から四五露里距っている部落——C附近をカーキ色の外皮を纏った小人のような小さい兵士達が散兵線を張って進んでいた。

白樺や、榛《はんのき》や、団栗《どんぐり》などは、十月の初めがた既に黄や紅や茶褐に葉色を変じかけていた。露の玉は、そういう葉や、霜枯れ前の皺びた雑草を雨後のようにぬらしていた。草原や、斜丘にころびながら進んで行く兵士達の軍服は、外皮を通して、その露に、襦袢の袖までが、しっとりとぬれた。汗ばみかけている彼等は、けれども、「止れ!」の号令で草の上に長々ところんで冷たい露に頰をぬらすのが快かった。

逃げて行くパルチザンの姿は、牛乳色《ちちいろ》の靄に遮られて見えなかった。彼等はそれを、ねらいもきめず、いいかげんに射撃した。

左翼の疎らな森のはずれには、栗本の属している一隊が進んでいた。兵士達は、「止れ!」の号令がきこえてくると、銃をかたわらに投げ出して草に鼻をつけて匂いをかいだり、土の中へ剣身を突きこんで錆《さび》を落したりした。

その剣は、豚を突殺すのに使ったり、素裸体《すっぱだか》に羽毛をむしり取った鵞鳥の胸をたち割るのに使って錆させたのだ。血に染った剣はふいても、ふいてもすぐ錆が来た。それを彼等は、土でこすって研ぐのだった。

栗本は剣身の歪んだ剣を持っていた。彼は銃に着剣して人間を突き殺したことがある。その時、剣が曲ったのだ。突かれた男は、急所を殴られて一ッぺんに参る犬のようにふらふらッとななめ横にぴりぴり手足を慄わしながら倒れてしまった。突きこんだ剣はすぐ、さっと引きぬかねば生きている肉体と血液が喰いついてぬけなくなることを彼はきいていた。が、それを思い出したのは、相手が倒れて暫らくしてからだった。彼は、人を殺したような気がしなかった。彼は、人を一人殺すのは容易に出来得ることではないと思っていた。が実際は、何のヘンテツもない土の中へ剣を突きこむのと同じようなことだった。銃のさきについていた剣は一と息に茶色のちぢれひげを持っている相手の汚れた服地と襦袢を通して胸の中へ這入ってしまった。相手はぶくぶくふくれた大きい手で、剣身を掴んで、それを握りとめようとした。同時に、ちぢれた鬚を持った口元を動かして何か云おうとするような表情をした。しかし、何も云わず、ぶくぶくした手が剣身を握りとめないうちに、剣は、肋骨の間にささって肺臓を突き通し背にまで出てしまった。栗本は夢ではないかと考えた。同時に、取りかえしのつかないことを仕出かしてしまったことに気づいた。銃を持っている両腕は、急にだらりと、力がぬけ去ってしまった。銃は倒れる男の身体について落ちて行った。

暫らくして、両脚を踏ンばって、剣を引きぬくと、それは、くの字形に曲っていた。

その曲ったあとがなかなかもとの通りになおらなかった。殺人をした証拠のようにいつまでも残っていた。

「これからだって、この剣にかかってやられる人間がいくらあるか知れやしないんだ。」栗本はそんなことを考えた。「また、俺等だって、いつやられるか知れやしないんだ。」

右の森の中から「進めッ！」という声がひびいた。

「さ、進めだぞ。」

兵士は横たわったままほかの者を促すように、こんなことを云った。

「ま、ゆっくりせい。」

「何だ、吉川はかくれて煙草をのんでいたんか——俺に残りをよこせ！」

白樺の下で、軍曹が笑い声でこんなことを云っているのが栗本に聞えてきた。

栗本は銃を杖にして立ち上った。

兵士達は、靴を引きずりながら、草の上を進んだ。彼等は湿って水のある方へ出て行った。草は腰の帯革《たいかく》をかくすくらいに長く伸び茂っていた。

「見えるぞ、見えるぞ！」

右の踏みならされた細道を進んでいる永井がその時、低声《こごえ》に云った。ロシアの女を引っかけるのに特別な手腕を持っている永井の声はいくらか笑《えみ》を含んでいた。

栗本は、永井が銃をさし出した方を見た。

靄に蔽われて、丘の斜面に木造の農家が二軒おぼろげに見えた。

「ここだ。ここがユフカだな。」

そう思った。が、その実、そこはユフカではなかった。

兵士達は、小屋にパルチザンがかくれていて、不意に捨身の抵抗を受けるかもしれないと予想した。その瞬間、彼等は緊張した。栗本の右側にいる吉田は白樺に銃身をもたして、小屋を射撃した。銃声が霧の中にこだまして、弾丸《たま》が小屋の積重ねられた丸太を通して向うへつきぬけたことがこちらへ感じられた。吉田はつづけて三四発うった。

森の中を行っている者が、何者かにびっくりしたもののようにパチパチうちだした。

小屋の中に誰もかくれていないことがたしかめられた。一列に散らばっていた兵士達は遠くから小屋をめがけて集って来た。

小屋には、つい、二三時間前まで人間が住んでいた痕跡が残っていた。檐《のき》の鶏小屋には餌が木箱に残され、それがひっくりかえって横になっていた。扉《ドア》は閉め切ってあった。屋内はひっそりして、薄気味悪く、中にはなにも見えなかった。

兵士は扉の前に来て、もしや、潜伏している者の抵抗を受けやしないか、再びそれを疑った。彼等は躊躇して立止った。誰れかさきに扉を開けて這入って行きさえすれば、あとは、すぐ、皆ながおじけずになだれこんで行ける。が、その皮切りをやる者がなかった。

「栗本、貴様行け。」

煙草を吸っていた吉川をとがめた軍曹が云った。

栗本は、なにか反感のようなものを感じながら、

「うむ、行くか!」

そう云って、立ちふさがっている者達を押しのけて扉の前へ近づいた。「大きななりをして、胆力のないやつばかりだ。」そこらにいる者をさげすむように、腹の中で呟いた。彼の腰は据ってきた。

扉の中は暗かった。そこには、獣油や、南京袋の臭いのような毛唐の体臭が残っていた。栗本は、強く、扉《ドア》を突きのけて這入って行った。

「やっぱし、まっさきに露助を突っからかしただけあるよ。」

うしろの方で誰れかが囁いた。栗本は自分が銃剣でロシア人を突きさしたことを軽蔑していると、感じた。

「人を殺すんがなに珍しいんだ! 俺等は、二年間××の方法を教えこまれて、人を殺しにやって来てるんじゃないか!」

反感をなお強めながら、彼は、小屋の床をドシンドシン踏みならした。剣をつけた銃を振りまわした拍子に、テーブルの上の置ランプが倒れた。床板の上で、硝子のこわれるすさまじい音がした。

扉の前に立っていた兵士達は、入口がこわれる程、やたらに押し合いへし合いしながら

一時になだれこんできた。

彼等は、戸棚や、テーブルや、ベッドなどを引っくりかえして、部屋の隅々まで探索した。彼等は、そこにある珍らしいものや、値打のありそうなものを、××××××××××××××ろうとした。

既に掠奪の経験をなめている百姓は、引き上げる時、金目になるものや、必要な品々を持てるだけ持って逃げていた。百姓は、鶏をも、二本の脚を一ツにくくって、バタバタ羽ばたきするやつを馬の鞍につけて走り去った。だが産んだばかりの卵は持って行く余裕がなかったと見えて、巣箱に卵がころがっていた。兵士は、見つけると、ばい取りがちをし乍《なが》ら慌てて残されたその卵をポケットに拾いこんだ。

三

山の麓のさびれた高い鐘楼と教会堂の下に麓から谷間へかけて、五六十戸ばかりの家が所々群がり、また時には、二三戸だけとびはなれて散在していた。これがユフカ村だった。村が静かに、平和に息づいていた。

兵士達は、ようよう村に這入る手前の丘にまでやって来た。

彼等はうち方をやめて、いつでも攻撃に移り得る用意をして、姿勢を低く草かげに散らばった。

「ここの奴等は、だいぶいいものを持っていそうだぞ。」

永井は、村なりを見て掠奪心を刺戟された。彼は、ここでもロシアの女を引っかけることが出来る――それを考えていた。

「おい、いくら露助だって、生きてゆかなきゃならんのだぜ。いいものばかりをかっぱらわれてたまるものか！」

栗本の声は不機嫌にとげ立っていた。

「なあに、××が許してることはやらなけりゃ損だよ。」

珍しい、金目になるものを奪い取り、慾情の饉《う》えを満すことが出来る、そういう期待は何よりも兵士達を勇敢にする。彼等は、常に慾情に飢え、金のない、かつかつの生活を送っていた。だから、自分に欠けているものがほしくてたまらなかった。そこの消息を見抜いている×××は、表面やかましく云いながら、実は大目に見のがした。五十銭銀貨を一つ盗んでも禁固を喰う。償勤兵とならなければならない。それが内地に於ける軍人である。軍人は清廉潔白でなければならない。ところが、その約束が、ここでは解放されているのだ。兵士は、その××に引っかかって、ほしいものが得たさに勇敢に、捨身になるのだった。

「前島、その耳輪を俺によこしとけよ。」

兵士は命令を待っている間に、今さっき百姓小屋で取ってきた獲物を、今度はお互いに、口でだまして奪い合った。

「いやですよ、軍曹殿。」

「俺のナイフと交換しようか。」

ほかの声が云った。

「いやだよ。そんなもの十銭の値打もすりゃせんじゃないか。」

「馬鹿！　片ッ方だけの耳輪にどれだけの値打があるんだ！」

斜丘の中ほどに壊れかけた小屋があった。そこで通訳が向うからやって来た百姓の一人に何か口をきいているのが栗本の眼に映じた。その側に中隊長と中尉とが立っていた。顔が黒く日に焦げて皺がよっている百姓の嗄《しゃが》れた量のある声が何か答えているのがこっちまで聞えてきた。その声は、ほかの声を消してしまうように強く太くひびいた。

掠めたものを取りあっていた兵士達は、口を噤んで小舎の方を見た。十人ばかりの百姓が村から丘へのぼってきた。中隊長は、軍刀のつばのところへ左手をやって、いかつい眼で、集って来る百姓達を睨めまわしていた。百姓達には少しも日本の兵タイを恐れるような様子が見えなかった。

通訳は、この村へパルチザンが逃げこんで来ただろう。それを知らぬかときいているらしかった。

いくらミリタリストのチャキチャキでも、むちゃくちゃに百姓を殺す訳にゃ行かなかった。パルチザンはそれにつけこんで、百姓に化けて、安全に、平気であとから追っかけて来た軍隊の傍を歩きまわった。向うに持っている兵器や、兵士の性質を観察した。そして、次の襲撃方法の参考とした。

中隊長は、それをチャンと知っていた。しかし、パルチザンと百姓とは、同じ服装をしていれば、見分けがつかなかった。

「逃げて行くパルチザンなんど、面倒くさい、大砲でぶっ殺してしまえやいいじゃないか。」

小屋のところをぶらぶら歩きながら無遠慮に中隊長の顔を見ていた男が不意に横から口を出した。

その男は骨組のしっかりした、かなり豊かな肉づきをしていた。しかし、せいが高いので寧ろ痩せて見える敏捷らしい男だった。

見たところ、彼は、日本の兵タイなど面倒くさい、大砲で皆殺しにしてしまいたいと思っているらしかった。

それが目的格をとっかえて表現されているのだった。

中隊長は、通訳からその意味をきくと、じろりと、いかつい眼で暫らくその男を睨みつけた。

「そんなことをぬかす奴が、パルチザンをかくまっているんだ。」

中隊長は日本語で云った。

「そっちにゃ、大砲を沢山持ってるんだろう。」

その男は、中隊長のすごい眼には無頓着に通訳にきいた。

再び中隊長は、じいっとその男を睨みつけた。中尉が、中隊長の耳もとへ口を持って行って何か囁いた。

兵士達には攻撃の命令が発しられた。

骨組のしっかりした男の表情には、憎悪と敵愾心が燃えていた。それがいつまでも輝いている大きい眼から消えなかった。

四

百姓たちは、たびたび××の犬どもを襲撃した経験を持っていた。

襲撃する。追いかえされる。又襲撃する。又追いかえされる。負傷する。

彼等は、それを繰りかえしていた。そのうちに彼等の憎悪と敵愾心はつのってきた。

最初、日本の兵士を客間に招待して紅茶の御馳走をしていた百姓が、今は、銃を持って森かげから同じ兵士を狙撃していた。

彼等の村は犬どもによって掠奪され、破壊されたのだ。

ウォルコフもその一人だった。

ウォルコフの村は、犬どもによって、一カ月ばかり前に荒されてしまった。彼は、村の牧者だった。

彼は村にいて、怒った日本の兵タイが近づいて来るのを知ると、子供達をつれて家から逃げた。ある夕方のことだった。彼は、その時のことをよく覚えている。一人の日本兵が、斧で誰れかに殺された。それで犬どもが怒りだしたのだ。彼は逃げながら、途中、森から振りかえって村を眺めかえした。夏刈って、うず高く積重ねておいた乾草が焼かれて、炎が夕ぐれの空を赤々と焦がしていた。その余映は森にまで達して彼の行く道を明るくした。

家が焼ける火を見ると子供達はぶるぶる顫えた。「あれ……父うちゃんどうなるの……」「なんでもない、なんでもない、火事ごっこだよ。畜生!」彼は親爺と妹の身の上を案じた。

翌朝、村へ帰ると親爺は逃げおくれて、家畜小屋の前で死骸となっていた。胸から背にまでぐさりと銃剣を突きさされていた。動物が巣にいる幼い子供を可愛がるように、家畜を可愛がっていたあの温《おとな》しい眼は、今は、白く、何かを睨みつけるように見開れて動かなかった。異母妹のナターリイは、老人の死骸に打倒れて泣いた。

長男は、根もとから折られた西洋桜を、立てらしてつぎ合わそうとした。それは、春、長男が山から掘ってきて、家の前に植えたものだ。子供は、つぎ合わせば、それがいきつくもののように、熱心に、倒れようとする桜を立てらした。しかし、駄目だった。

壊された壁の下から鍬を引っぱり出して、彼は、親爺の墓穴を掘りに行った。

村中の家々は、目ぼしい金目になるようなものを掠奪せられ、たたきつぶされていた。餌がなくて飢えた家畜は、そこら中で悲しげにほえていた。

「父うちゃんこんなところへ穴を掘ってどうするの？」

「おじいさんがここんとこでねむるんだよ。」

村の者は、その時、誰れも、日本人に対する憎悪を口にしなかった。しかし、日本人に対する感情は、憎悪を通り越して、敵愾心になっていた。彼等は、×××を形容するのに、犬という動物の名前を使いだした。

彼等は、自分の生存を妨害する犬どもを、撃滅してしまわずにはいられない欲求に迫られてきた。…………

ウォルコフは、憎悪に満ちた眼で窓から、丘に現れた兵士を見ていた。

丘に散らばった兵士達は、丘を横ぎり、丘を下って、喜ばしそうに何か叫びながら、村へ這入ってきた。そのあとへ、丘の上には、また、別な機関銃を持った一隊が現れてきた。

犬どもが、どれほどあとからやってきているか、それは地平線が森に遮られて、村からは分らなかった。森の向うは地勢が次第に低くなっているのだ。けれども、ウォルコフは、犬どもの、威勢が、あまりによすぎることから推察して、あとにもっと強力な部隊がやって来ていることを感取した。

村に這入ってきた犬どもは、軍隊というよりは、むしろ、××隊だった。彼等は、扉口に立っている老婆を突き倒して屋内へ押し入ってきた。武器の捜索を命じられているのだった。

「こいつ鉄砲をかくしとるだろう。」

「剣を出せ！」

「あなぐらを見せろ！」

「畜生！　これゃ、また、早く逃げておく方がいいかもしれんて。」近づいて来る叫声を耳にしながら、ウォルコフは考えた。

「銃を出せ！」

「剣を出せ！」

兵士達は、それを繰りかえしながら、金目になる金や銀でこしらえた器具が這入っていそうな、戸棚や、机の引出しをこわれるのもかまわず、引きあけた。

彼等は、そこに、がらくたばかりが這入っているのを見ると、腹立たしげに、それを床の上に叩きつけた。

永井は、戦友達と共に、谷間へ馳せ下った。触れるとすぐ枝から離れて軍服一面に青い実が附着する泥棒草の草むらや、石崖や、灌木の株がある丘の斜面を兵士は、真直に馳せおりた。

ここには、内地に於けるような、やかましい法律が存在していないことを彼等は喜んだ。責任を問われる心配がない××××と×××は、兵士達にある野蛮な快味を与える。そして彼等を勇敢にするのだった。

武器の押収を命じられていることは、殆んど彼等の念頭になかった。快活らしい元気な表情の中には、ただ、ゼーヤから拾ってきた砂金を摑み取り、肌の白い豊満な肉体を持っているバルシニヤを快楽する、そのことばかりでいっぱいだった。

永井は、ほかの者におくれないように、まっしぐらに突進した、着剣した、兵士の銃と銃、剣と剣が触れあって、がちゃがちゃ鳴ったり、床尾板《しょうびはん》がほかの者の剣鞘《けんざや》をはねあげたりした。

「栗本、なに、ぐずぐずしてるんだ！　早く進まんか！」

軍曹がうしろの方で呶鳴っているのを永井は耳にした。が、彼は、うしろへ振りかえろうともしなかった。

少尉が兵士達の注意を右の方へ向けようとして、何やら真剣に叫んで、抜き身の軍刀を振り上げながら、永井の傍を馳せぬけた。しかし、それが何故であるか、永井には分らなかった。彼の頭の中には娘の豊満な肉体を享楽するただそのことがあるばかりだった。

「看護卒！」

どっかで誰れかが叫んだ。しかし、それも何故であるか分らなかった。そして、叫声は後方へ去ってしまった。

「突撃！　突撃ッ！」

小さい溝をとび越したところで少尉は尻もちをついて、軍刀をやたらに振りまわして叫んでいた。少尉の軍袴《ズボン》の膝のところは、血に染んでいた。兵士は、左右によけて、そこを通りぬけた。火薬の臭いが、永井の鼻にぷんときた。

すぐ眼のさきの傾斜の上にある小高い百姓家の窓から、ロシア人が、こっちをねらって射撃していた。

「何しにこんなところまで、おりてきたんだい。俺れゃ、人をうち殺すのにゃ、もうあきしちゃったぞ！」

栗本は、進撃の命令を下した者に明かな反感を現して呶鳴った。

が、誰れも、何も云わなかった。

兵士達はロシア人をめがけて射撃した。

大隊長とその附近にいた将校達は、丘の上に立ちながら、カーキ色の軍服を着け、同じ色の軍帽をかむった兵士の一団と、垢に黒くなった百姓服を着け、縁のない頭巾をかむった男や、薄いキャラコの平常着を纏った女や、短衣をつけた子供、無帽の老人の群れが、村に蠢き、右往左往しているのを眺めていた。カーキ色の方は、手あたり次第に、扉《ドア》を叩き壊し、柱を押し倒した。逃げて行く百姓の背を、うしろから銃床で殴りつける者がある。剣で突く者がある。煮え湯をあびせられたような悲鳴が聞えて来た。

「あァ、あァ、あァ。」語学校を出て間がない、若い通訳は、刺すような痛みでも感じたかのように、左右の手を握りしめて叫んだ。「女を殺している。若い女を突き殺してる！——大隊長殿あんなことをしてもいいんですか！」

でぶでぶ腹の大隊長の顔には、答えの代りに、冷笑が浮んだばかりだった。

谷間や、向うの傾斜面には、茶色の鬚を持っている男が、こっちでパッと発火の煙が上ると同時に、バタバタ倒れた。

「今度は誰れが倒れるだろう……女か、子供か？——それともこっちのカーキ色の軍服だろうか？」

通訳は子供のようにおどおどしながら、村の方を見ていた。——銃声は、一つまた一つ、またまた一つと、つづけてパチパチ鳴りひびいた。

大隊長と、将校は、野球の見物でもするように、面白そうに緊張していた。

ユフカは、外国の軍隊を襲撃したパルチザンが逃げこんで百姓に化けるので有名だった。それればかりでなく、そこの百姓が残らずパルチザンだ。——ポーランド人の密偵の報告によるとそうだった。

密偵は、日本軍にこびるために、故意に事実を曲げて仰山に報告したことがあった。が、パルチザンの正体と居所を突きとめることに苦しんでいる司令部員は、密偵の予想通り、この針小棒大な報告を喜んだ。彼等は、パルチザンには、手が三本ついているように、はっきりほかの人間と見分けがつくことを望んでいたのだ。

大隊長は、そのパルチザンの巣窟を、掃除することを司令官から命じられていた。

「……しかし、ここには、パルチザンばかりでなしに、おとなしい、いい百姓も住んどるらしいんです。」

通訳は攻撃命令を発する際に、村の住民の性質を説明してこう云った。通訳は、内気な初心《うぶ》い男だった。彼はいい百姓が住んどるんです、とはっきり、云い切ることが出来なかった。大隊長は、ここがユフカで、過激派がいることだけを耳にとめた。それ以外、彼れにとって必要でない説明は一切、きき流してしまった。

過激派討伐を命ぜられた限り、出来るだけ派手な方法を以て、そこらへんにいる、それに類した者をも鏖《みなごろし》にしなければならない。こういう場合、派手というのは、残酷の同意語であった。不明瞭な点を残さず、悉くそれを赤ときめて、一掃してしまえば功績も一層水際立って司令部に認められる。

大隊長は、そのへんのこつをよくのみこんでいた。彼は先ず武器を押収することを命じた。それから、パルチザンを、捕虜とすることを命じた。それから……。

汚れた百姓服や、頭巾は無抵抗に、武器を取り上げられたり、×××たり、――殺されたりなどされるがままになっている訳には行かなかった。木造の壁の代りに丸太を積重ねていた家の中や乾草の堆積のかげからも、発射の煙が上った。これまでの銃声にまじって、また別の異《ちが》った太く鈍い銃声がひびいてきた。百姓が日本の兵士に抵抗して射撃しだしたのだ。

「やはり、パルチザンだったですね、一寸、抵抗しだしました。」

副官は、事もなげに笑った。

「おや！　おや！　今度は、日本の兵たいがやられました。」通訳は、前よりも、もっと痛切な声で叫んだ。「倒れました。倒れました。倒れて夢中で手と頭を振っとります。」

「三人やられたね。――一人は将校だ。脚をやられたらしい。」

「どうして司令官は、こんなことをやらせるんです！　悲惨です！　悲惨です！　隊長殿すぐやめさしておしまいなさい！」

銃を乱射するひびきは、一層はげしくなってきた。丘の上に整列していた別の中隊は、カーキ色と、百姓服が入り乱れ、蠢く方をめがけてウワッと叫びながら馳せくだりだした。

副官でない方の中尉は、通訳を、壊れかけた小屋の裏へ引っぱって行った。

「何を、君、ばかなことを云ってるんだ!」

中尉は、腹立たしげに通訳に云った。

「だって悲惨じゃありませんか! あんまり悲惨じゃありませんか!」

「君自身が、たまにあたらんように用心し給え!」

中尉は通訳をにらみつけて大隊長のそばへ引っかえした。

通訳は、小屋のかげから、悲鳴や叫喚や、銃声がごったかえしに入りまじって聞えて来る方をおずおず見やった。右の一層高くなっている麓に据えつけられた狙撃砲は、その砲《つつ》さきへ弾丸《たま》をつめこんで、村をめがけてぶっぱなした。

だが、そのたまが、どこに落ちて、どれだけ家をつぶし、人を殺したか、もう通訳には分らなかった。乾草を積重ねてあるところと、それから、百姓家と、二カ所から紫色の煙が上って、そこらへんに蠢めき騒いでいる兵たいや、百姓や、女や子供達を包んでしまった。と、また、別の離れたところからも、つづいて煙が上りだした。兵士達は、大隊長の一つの命令を遂行したのだ。

村は焼き払われだした。紫色や、硫黄色の煙が村の上に低迷した。狙撃砲からは二発目、三発目の射撃を行った。それは何を撃つのか、目標は見えなかった。やたらに、砲先の向いた方へ弾丸をぶっぱなしているのであった。

「副官、中隊を引き上げるように命令してくれ！」

大隊長は副官を呼んだ。

「それから、機関銃隊攻撃用意！」

村に攻めこんだ歩兵は、引き上げると、今度は村を包囲することを命じられた。逃げだすパルチザンを捕まえるためだ。

カーキ色の軍服がいなくなった村は、火焔と煙に包まれつつ、その上から、機関銃を雨のようにばらまかれた。


尻尾を焼かれた馬が芝生のある傾斜面を、ほえるように嘶き、倒れている人間のあいだを縫って狂的に馳せまわった。

女や、子供や、老人の叫喚が、逃げ場を失った家畜の鳴声に混って、家が倒れ、板が火に焦げる刺戟的な音響や、何かの爆発する轟音などの間から聞えてくる。

見晴しのきく、いくらか高いところで、兵士は、焼け出されて逃げてくる百姓を待ち受けて射撃した。逆襲される心配がないことは兵士の射撃を正確にした。

こっちに散らばっている兵士の銃口から硝煙がパッと上る。すると、包囲線をめがけて走せて来る汚れた短衣や、縁なし帽がパタパタ人形をころばすようにそこに倒れた。

「無茶なことに俺等を使いやがる！」栗本は考えた。

傾斜面に倒れた縁なし帽や、ジャケツのあとから、また、ほかの汚れた短衣やキャラコの室内服の女や子供達が煙の下からつづいて息せき現れてきた。銃口は、また、その方へ向けられた。パッと硝煙が上った。子供がセルロイドの人形のように坂の芝生の上にひっくりかえった。

汚れたジャケツは、吃驚して、三尺ほど空へとび上った。何事が起ったのか一分間ばかりジャケツが理解できないでいるさまが兵士達に見えた。

ジャケツに抱き上げられた子供は泣声を発しなかった。死んでいたのだ。

「おい撃方《うちかた》やめろ！——俺等は誰のためにこんなことをしてるんだい！」

栗本が腹立たしげに云った。その声があまりに大きかったので機関銃を持っている兵士までが彼の方へ振り向いた。

「百姓はいくら殺したってきりが有りゃしない。俺達はすきこのんで、あいつ等をやっつける身分かい！」彼はつづけた。「こんなことをしたって、俺達にゃ、一文だって得が行きゃしないいんだ！」

機関銃の上等兵は、少尉に鼓膜を叩き破られた兄を持っていた。何等償われることなしに兄は帰休になって、今は小作をやっている。入営前大阪へ出て、金をかけて兄は速記術

を習得したのであった。それを兄は、耳が聞えなくなったため放棄しなければならなかっ

た。上等兵は、ここで自分までも上官の命令に従わなくって不具者にされるか、或は弾丸《たま》

で負傷するか、殺されるか、――したならば、年がよってなお山伐りをして暮しを立てて

いる親爺がどんなにがっかりするだろうか、そのことを思った。――老衰した親爺の顔が

見えるような気がした。

けれども彼は、煙の中を逃げ出して来る短衣やキャラコも、子供や親があることを考え

た。彼等も、耕すか、家畜を飼うかして、口を糊《のり》しているのだ。上等兵はそういうことを

考えた。――同様に悲しむ親や子供を持っているのだ。

こんなことをして彼等を撃ち、家を焼いたところで、自分には何にも利益がありやしな

いのだ。

流れて来る煙に巻かれながら、また、百姓や女や、老人達がやって来た。

上等兵は、機関銃のねらいをきめる役目をしていた。彼は、機関銃のつつさきを最大限

度に空の方へねじ向けた。

弾丸は、坂を馳せ登ってくる百姓や、女の頭の上をとびぬけだした。

「撃てッ、パルチザンが逃げ出して来るじゃないか、撃てッ！」

包囲線を見張っている将校は呶鳴りたてた。

兵士の銃口からは、つづけて弾丸が唸り出た。

うてッ！」

「撃てッ！　パルチザンがいッくらでもこっちへ逃げ出して来るじゃないか。うてッ！

兵士は撃った、あまりにはげしい射撃に銃身が熱くなった。だが弾丸は、悉く、一里もさきの空へ向ってとび上った。そこで人を殺す威力を失って遥か向うの草原に落下した。機関銃ばかりでなく、そこらの歩兵銃も空の方へそのつつさきを向けていたのだ。

百姓は、逃げ口が見つかったのを喜んで麓の方へ押しよせてきた。彼等は、物をくすねそこねた泥棒のように頸をちぢめてこそこそ周囲を盗み見ながら兵士の横を走せぬけた。

「早く行け！」

栗本が聞き覚えのロシア語で云った。百姓は、道のない急な山を、よじ登った。

「撃てッ！　撃てッ！　パルチザンを鏖にしてしまうんだ！　うてッ！　うたんか！」

士官は焦躁にかられだして兵士を呶鳴りつけた。

「ハイ、うちます。」

また、弾丸が空へ向って呻り出た。

「うてッ！　うてッ！」

「ハイ。」

濃厚な煙が流れてきた。士官も兵士も眼を刺された。煙ッたくて涙が出た。

五

「今度こそ、俺れゃ金鵄勲章だぞ。」

　銃をかついで、来た道を引っかえしながら軍曹は、同僚の肩をたたいて笑った。彼は、中隊長の前で、三人の逃げ出そうとするパルチザンを突き殺した。それが、中隊長の眼にとまった自信が彼にあったのだ。

「俺だって功六級だ。」

　同僚もそれに劣らない自信があった。

　看護卒は、負傷した少尉の脚に繃帯をした。少尉の傷は、致命的なものではなかった。だから、傷が癒えると、少尉から上司へいい報告がして貰える。看護卒には、看護卒なりに、そういう自信があった。

　彼等は、愉快な、幸福な気分を味わいながら駐屯地へ向って引き上げて行った。

　大隊長は、司令部へ騎馬伝令を発して、ユフカに於けるパルチザンを残さず殲滅せしめたと報告した。彼は、部下よりも、もっと精気に満ちた幸福を感じていた。背後の村には燃えさしの家が、ぷすぷす燻り、人を焼く、あの火葬場のような悪臭が、部隊を追っかけるようにどこまでも流れ拡がってついてきた。けれども、それも、大隊長の内心の幸福を妨げなかった。

「ユフカは、たしかに司令官閣下の命令通り、パルチザンばかりの巣窟でありました――そう云います。」

活潑な伝令が、出かける前、命令を復唱した、小気味のよい声を隊長は思い出していた。

「うむ、そうだ。」彼は肯いて見せたのだった。「それを一人も残らず殲滅してしまった。我軍の戦術もよかったし、将卒も勇敢に奮闘した。これで、西伯利亜《シベリア》のパルチザンの種も尽きるでありましょう。と、ね。」

「はい。――若し、我軍の損傷は？　ときかれましたら、三人の軽傷があったばかりであります。その中、一人は、非常に勇敢に闘った優秀な将校でありました。と云います。」

「うむ、そうだ、よろしッ！」その時の、自分の声が、朗らかにすき通って、いい響きを持っていたのを大隊長は満足に思った。

――今持っている旭日章のほかに、彼は年金のついている金鵄勲章を貰うことになる。俸給以外に、三百円か五百円、遊んでいても金が這入ってくることになるのだ。——功四級だろうか、それとも五級かな。四級だと五百円だ。それから勲功によって中佐に抜てきされる。……ただ一つ、彼の気に喰わぬことがあった。それは、鉄砲を空に向けて、わざとパルチザンを逃がしてしまった兵タイがあることだった。だが、それは表沙汰にして罰すると、自分の折角の勲功がふいになってしまうのだった。部下を指揮する手腕が十分でなかった責任は当然彼の上にかかって来るからだ。不届きな兵タイは、ほかの機会にひどいめにあわしてやることにして、今は、かくしておくことにした。その方が利巧な方法だ。

「閣下も討伐の目的が達して、非常にお喜びになることでしょう。」

あとから来ている副官が云った。閣下とは司令官のことだ。

「うむ。」

大隊長は、空へ鉄砲を向けた兵タイのことは忘れて、内心の幸福を抑えることが出来ずにここにこした。

「全く、うまく行きましたな。」

「うむ。――ご苦労だった。」

――彼はまた、功四級だろうか、それとも五級かな、と考えた。ひょっとすると、三級にありつけるかもしれんて。この頃は、金鵄も貰い易くなっているからな。そうすると、年金が七百円とれると……

不意に、どこからか、数発の銃声がして、彼の鼻のさきを、ヒュッと弾丸《たま》が唸ってとび去った。彼は、思わず頸をすくめた。その拍子に馬はびっくりしてはね上った。そして尻をしたたかにぶん殴られたように前方へ驀進した。隊長は、辷り落ちそうになりながら、

「おォ、おォ、おォ！」

と悲しげな声を出した。

「誰れか来て呉れい！」彼は、おおかた、口に出して、それを叫ぼうとした。

左側の樅やえぞ松がある山の間にパルチザンが動いているのが兵士達の眼に映じた。彼等は、すぐ地物のかげに散らばった。

パルチザンは、その山の中から射撃していたのだ。

パルチザンは、明らかに感情の興奮にかられているようだった。

その森の中からとんで来る弾丸は髪の毛一本ほどにま近く、兵士の身体をかすめて唸った。

六

パルチザンは、山伝いに、カーキ色の軍服を追跡していた。

彼等は空に向って、たまをぶっぱなしたあの一角から、逃げのびた者だった。——その中には馬を焼かれたウォルコフもまじっていた。

そこらへんの山は、パルチザンにとって、自分の手のようによく知りぬいているところだった。

村を焼き討ちされたことが、彼等の感情を極端に激越に駆りたてていた。

弾丸は逃げて行くカーキ色の軍服の腰にあたり、脚にあたり、また背にあたった。短い脚を、目に見えないくらい早くかわして逃げて行く乱れた隊列の中から、そのたびに一人また一人、草ッ原や、畦の上にころりころり倒れた。露西亜語を話す者のでない呻きが倒れたところから聞えてきた。

「あたった。あたった。――そら一匹やっつけたぞ。」

そのたびに、森の中では、歓喜の声を上げていた。

中には、倒れた者が、また起き上って、びっこを引き引き走って行く者がある。傷ついた手をほかの手で握って走る者がある。それをパルチザンは森の中からねらいをきめて射撃した。興奮した感情は、かえってねらいを的確にした。

カーキ色の軍服は、こっちで引鉄《ひきがね》を握りしめると、それから十秒もたたないうちに、足をすくわれたように草の上へ引っくりかえった。

「そら、また一匹やった。」

「あいつは兵卒だね。長い刀をさげて馬にのっている奴を引っくりかえしてやれい！　俺《お》ら、あいつが憎らしいんだ。」

「ようし！」

「俺《お》ら、あの長い軍刀がほしいんだ。あいつもやったれい！」

彼等はだんだん愉快になってきた。…………

浮動する地価

一

　ぽかぽか暖かくなりかけた五月の山は、無気味で油断がならない。蛇が日向ぼっこをしたり、蜥蜴《とかげ》やヤモリがふいにとび出して来る。

　僕は、動物のうちで爬虫類が一番きらいだ。

　人間が蛇を嫌うのは、大昔に、まだ人間とならない時代の祖先が、爬虫に、ひどくいじめられた潜在意識によるんだ、と云う者がある。僕の祖先が、鳥であったか、馬であったか、それは知らない。が、あの無気味にぬるぬるした、冷たい、執念深かそうな冷血動物が、僕は嫌いである。

　だが、この蛇をのけると、五月の山ほど若々しい、快よい、香り高いところはない。朽ちた古い柴の葉と、萌え出づる新しい栗や、樫や、蠟燭のような松の芽が、酷《す》く、苦く、ぷんぷんかおる。朝は、みがかれた銀のようだ。そして、すき通っている。

そこでは、雉《きじ》も山鳥も鶯も亢奮せずにはいられない。雉は、秋や夏とは違う一種特別な鳴き方をする。鶯は「谷渡り」を始める。それは、各々雄が雌を叫び求める声だ。人間も、そこでは、自然と、山の刺戟に血が全身の血管に躍るのだった。

虹吉は——僕の兄だ——そこで女を追っかけまわしていた。僕が、まだ七ツか八ツの頃である。そこで兄は、さきの妻のトシエと、笹の刈株で足に踏抜きをこしらえ、脛《すね》をすりむきなどして、ざれついたり、甘い喧嘩をしたり、蕨《わらび》をつむ競争をしたりしていた。

トシエは、ひょっと、何かの拍子に身体にふれると、顔だけでなく、かくれた、どこの部分でも、きめの細かいつるつるした女だった。髪も、眉も、黒く濃い。唇は紅をつけたように赤かった。耳が白くて恰好がよかった。眼は鈴のように丸く、張りがあった。ただ一つ欠点は、顔の真中を通っている鼻が、さきをななめにツン切られたように天を向いていることだ。——それも贔屓目《ひいきめ》に見れば愛嬌だった。

彼女の家には、蕨や、いたどりや、秋には松茸が、いくらでも土の下から頭をもちあげて来る広い、樹の茂った山があった。

「山なしが、山へ来とるげ……」

部落の子供達が四五人、或は七八人も、手籠を一つずつさげて、山へそう云うものを取りに行っている時、トシエは、見さげるような顔をして、彼女の家の山へは這入《はい》らせまいとした。

子供なりに僕は、自分の家に、一枚の山も、一段歩の畠も持っていないのを、引け目に感じた。それをいまだに覚えている。その当時、僕の家には、田が、親爺が三年前、隣村の破産した男から二百八十円で買ったのが一枚あるきりだった。それ以外は、すべてよそから借りて作っていた。買った田も、二百円は信用組合に借金となっていた。何兵衛が貧乏で、何三郎が分限者《ぶげんしゃ》だ。徳右衛門には、田を何町歩持っている。それは何かにつれて、すぐ、村の者の話題に上ることだ。人は、不動産をより多く持っている人間を羨んだ。

それが、寒天のような、柔かい少年の心を傷つけずにいないのは、勿論だった。

僕は、憂鬱になり、腹立たしくなった。

「俺れんちにも、こんな蕨や、いたどりや、野苺がなんぼでもなる山があるといいんだがなア。」

ふと、心から、それを希《こいねが》ったりした。

秋になると、トシエの家には、山の松茸の生える場所へ持って行って鈴をつけた縄張りをした。他人に松茸を取らさないようにした。

そこへ、僕等はしのびこんだ。そして、その山を隅から隅まで荒らした。

這入って行きしなに縄にふれると、向うで鈴が鳴った。すると、樫の棒を持った番人が銅羅声《どらごえ》をあげて、掛小屋《かけごや》の中から走り出て来る。が、番人が現場へやって来る頃には、僕等はちゃんと、五六本の松茸を手籠にむしり取って、小笹が生いしげった、暗い繁みや、太い黒松のかげに、息をひそめてかくれていた。

「餓鬼《がき》らめが、くそッ！　どこへうせやがったんだい！　ド骨を叩き折って呉れるぞ！」

番人は樫の棒で、青苔のついた石を叩いた。

口ギタなく罵る叫びは、向うの山壁にこだました。そして、同じ声が、遠くから、又、帰って来た。

「貧乏たれの餓鬼らめに限って、くそッ！　どうもこうもならん！　くそッ！」

番人は、トシエの親爺に日給十八銭で、松茸の時期だけ傭われていた。卯太郎《うたろう》という老人だ。彼自身も、自分の所有地は、S町の方に田が二段歩あるだけだった。ほかはすべてトシエの家の小作をしている。貧乏人にちがいなかった。そいつが、人を罵る時は、いつも、「貧乏たれ」という言葉を使った。

「貧乏たれに限って、ちき生！　手くせが悪れぇや、チェッ！」

卯太郎は唾を吐いた。礫《つぶて》を拾って、そこらの笹の繁みへ、ねらいもきめずに投げつけた。石はカチンと松の幹にぶつかって、反射してほかへはねとんだ。泥棒をする、そのことが、本当に、彼には、腹が立つもののようだった。

番人が、番人小屋の方へ行ってしまうと、僕等は、どこからか、一人ずつヒョッコリと現われて来た。鹿太郎や、丑松や、虎吉が一緒になった。お互いに、顔を見合って、くッくッと笑った。

「もう一ッペン、あの卯《う》をおこらしてやろうか。」

「うむ。」

「いっそ、この縄をそッと切っといてやろうよ。面白いじゃないか。」

「おお、やったろう、やったろう。」

二

七年して、トシエは、虹吉の妻となった。虹吉は、二十三だった。弟の僕は、十六だった。春のことである。

地主の娘と、小作兼自作農の伜との結婚は、家と家とが、つり合わなかった。トシエ自身も、虹吉の妻とはなっても、僕の家《うち》の嫁となることは望んでいなかった。が、彼女は変調を来した生理的条件に、すべてを余儀なくされていた。

「やちもないことをしてくさって、虹吉の阿呆めが！」

母は兄の前では一言の文句もよく言わずに、かげで息子の不品行を責めた。僕は、

「早よ、ほかで嫁を貰うてやらんせんにゃ。」

母と、母の姉にあたる伯母が来あわしている椽側で云った。

「われも、子供のくせに、猪口才《ちょこざい》げなことを云うじゃないか。」いまだに『鉄砲のたま』をよく呉れる伯母は笑った。「二十三やかいで嫁を取るんは、まだ早すぎる。虹吉は、去年あたりから、やっと四斗俵がかつげるようになったばッかしじゃもん。」

僕は、猪口才げなと云われたのが不服でならなかった。

伯母の夫は、足駄をはいて、両手に一俵ずつ四斗俵を鷲掴みにさげて歩いたり、肩の上へ同時に三俵の米俵をのっけて、河にかけられた細い、ひわひわする板橋を渡ったりする力持ちだった。その伯父が、男は、嫁を取ると、もうそれからは力が増して来ない。角力とりでも、嫁を持つとそれから角力が落ちる。そんなことをよく云っていた。

十六の僕から見ると、二十三の兄は、すっかり、おとなとなってしまっていた。

兄は高等小学を出ただけで、それ以外、何の勉強もしていなかった。それでも、彼と同じ年恰好の者のうちでは、誰れにも負けず、物事をよく知っていた。農林学校を出た者よりも。それが、僕をして、兄を尊敬さすのに十分だった。虹吉は、健康に、団栗《どんぐり》林の中の一本の黒松のように、すくすくと生い育っていた。彼は、一人前の男となっていた。

村には娘達がS町やK市へ吸い取られるように、次々に家を出て、丁度いい年恰好の女は二三人しかいなかった。町へ出た娘の中に虹吉が真面目に妻としたいと思った女が、一人か二人はあったかもしれない。しかし、町へ行った娘は、二年と経たないうちに、今度は青黄色い、へすばった梨のようになって咳をしながら帰って来た。そして、半年もすると血を吐いて死んだ。

そのあとから、又、別の娘が咳をしながら帰って来た。そして、又、半年か、一年ぶらぶらして死んだ。脚がぶくぶくにはれて、向う脛《ずね》を指で押すと、ポコンと引っこんで、歩けない娘も帰って来た。病気とならない娘は、なかなか町から帰らなかった。

そして、一年、一年、あとから生長して来る彼女達の妹や従妹は、やはり町をさして出て行った。萎《しな》びた梨のように水々しさがなくなったり、脚がはれたりするのを恐れてはいられなかった。

若い男も、ぼつぼつ出て行った。金を儲けようとして。華やかな生活をしようとして。

村は、色気も艶《つや》気《け》もなくなってしまった。

そして、村で、メリンスの花模様が歩くのは「伊三郎」のトシエか、「徳右衛門」のいい、しえか、町へ出ずにすむ、田地持ちの娘に相場がきまってしまった。

村は、そういう状態になっていた。

メリヤス工場の職工募集員は、うるさく、若者や娘のある家々を歩きまわっていた。

三

トシエは、家へ来た翌日から悪阻《つわり》で苦るしんだ。蛙が、夜がな夜ッぴて水田でやかましく鳴き騒いでいた。夏が近づいていた。

黄金色の皮に、青味がさして来るまで樹にならしてある夏蜜柑をトシエは親元からちぎって来た。歯が浮いて、酢ッぱい汁が歯髄にしみこむのをものともせずに、幾ツも、幾ツも、彼女はそれをむさぼり食った。蜜柑の皮は窓のさきに放られてうず高くなった。その上へ、陰気くさい雨がびしょびしょと降り注いでいた。

夜、一段ひくい納屋の向う側にある便所から帰りに、石段をあがりかけると、僕は、ふと嫂が、窓から顔を出して、苦るしげに、食ったものを吐こうとしている声をきいた。嫂はのどもとへ突き上げて来るものを吐き出してしまおうと、しきりにあせっていた。が、どうしても、出そうとするものがすっかり出ないで、さいさい生唾《なまつば》を蜜柑の皮の上へ吐きすてた。

彼女は、もう、すべっこくも、美しくもなくなっていた。彼女は、何故か、不潔で、くさく、キタないように見えた。

まもなく田植が来た。親爺もおふくろも、兄も、それから僕も、田植えと、田植えのこしらえに額や頬に泥水がぴしゃぴしゃとびかかる水田に這入って牛を使い、鍬で畦を塗り、ならしでならした。雨がやむと、蒸し暑い六月の太陽は、はげしく、僕等を頭から煎《い》りつけた。

嫂は働かなかった。親爺も、おふくろも、虹吉も満足だった。親爺が満足したのは、田地持ちの分限者の「伊三郎」と姻戚関係になったからである。おふくろが満足したのは、トシエが二タ棹の三ツよせの箪笥に、どの抽出しへもいっぱい、小浜や、錦紗や、明石や、――そんな金のかかった着物を詰めこんで持って来たからである。虹吉が満足したのは、彼の本能的な実弾射撃が、てき面に、一番手ッ取り早く、功を奏したからである。

朝五時から、十二時まで、四人の親子は、無神経な動物のように野良で働きつづけた。働くということ以外には、何も考えなかった。精米所の汽笛で、やっと、人間にかえったような気がした。昼飯を食いにかえった。昼から、また晩の七時頃まで働くのだ。

トシエは、座敷に、蠅よけに、蚊帳《かや》を吊って、その中に寝ていた。読みさしの新しい雑誌が頭のさきに放り出されてあった。飯の用意はしてなかった。

「子供でも出来たら、ちっとは、性根を入れて働くようになろうか。」

飯を食って、野良へ出てから母は云った。兄はまだ、妻の部屋でぐずぐずしていた。

「たいがい、伊三郎では、何ンにも働くことを習わずに遊んで育った様子じゃないか。」

「俺れゃ、そんなこと知らん。」

「ちっと、虹吉がやかましく云わないでか！」

母は、女房に甘い虹吉を、いまいましげに顔をしかめた。

「そんなことを云うたって、お母あは、家が狭くなるほど荷物を持って来たというて嬉しがっとったくせに。」と、私は笑った。

「ええい、荷物は荷物、仕事は仕事じゃ。仕事をせん不用ごろが一番どうならん。」

兄は、妻をいたわった。働いて、麦飯をがつがつ食うことだけに産れて来たような親爺とおふくろから、トシエをかばった。彼女の腰は広くなった。なめらかで、やわらかい頬の肉は、いくらか赭味《あかみ》を帯びて来た。そして唇が荒れ出した。腹では胎児がむくむくと内部から皮を突っぱっていた。

四

百姓は、生命よりも土地が大事だというくらい土地を重んじた。

死人も、土地を買わなければ、その屍《しかばね》を休める場所がない。——そういう思想を持っていた。だから、棺桶の中へは、いくらかの金を入れた。死人が、地獄か、極楽かで、その金を出して、自分の休息場を買うのである！

母が、死んだ猫を埋めてやる時、その猫にまで、孔のあいた二文銭を、藁に通して頸にひっかけさし、それで場所を買え、と云っていたのを僕は覚えている。人間は死ねばそれッきりだ。が、土地だけは永久に残る。金は取られる心配がある。家は焼けると灰となる。

そんな考えから、親爺は、借金や、頼母子講《たのもしこう》を落した金で、ちびりちびりと田と畠を買い集めた。破産した人間の土地を値切り倒して、それで時価よりも安く買えると彼は、鬼の首を取ったように喜んだ。

七年間に、彼は、全然の小作人でもない、又、全然の自作農でもない、その二つをつきまぜたような存在となった。僅か、六畝《せ》か七畝の田を買った時でさえ、親爺と母はホクホクしていた。

「今年から、税金は、ちっとよけいにかかって来るようになるぞ。」

土地を持った嬉しさに、母は、税金を納めるのさえ、楽しみだというような調子だった。兄と僕は傍《そば》できいていた。

「何だい、たったあれっぽち、猫の額ほどの田を買うて、地主にでもなったような気で居るんだ。」兄は苦々《にがにが》しい顔をした。

「ほいたって、あれと野上の二段とは、もう年貢を納めいでもええ田じゃが。」

「年貢の代りに信用組合の利子がいら。」

「いいや、自分の田じゃなけりゃどうならん。」と、母は繰りかえした。「やれ取り上げるの、年貢をあげるので、すったもんだ云わんだけでも、なんぼよけりゃ。ずっと、こっちの気持が落ちついて居れるがな。」

村は、だんだんに変っていた。見通しのきく自作農の竹さんは、土地をすっかり売ッぱらって都会へ出た。地主の伊三郎も、山と畠の一部を売った。息子を農林学校へやる学資とするためだ。小作人から、自作農に成り上って行こうと、あがいている者も僕の親爺一人に止まらなかった。

又、S町の近くに田を持っていたあの松茸番の卯太郎は、一方の分を製薬会社の敷地に売って五千円あまりの金を握った。

こういう売買の仲介をやるのが、熊さんという男だ。三十二本の歯をすべて、一本も残さず金で巻いている。何か、一寸売買に口をかけると、必ず、五分の周旋料は、せしめずに置かない男だ。人々は、おじけて、なるべく熊さんの手にかけないようにする。熊さんを忌避する。が、熊さんは、売買ごとにかけると犬のような鼻を持っていた。どこから、どうして嗅ぎつけて来るのか、必ず、頭を突っこんで口をきいた。

村へは電燈がついた。——電燈をつけることをすすめに来たのも熊さんだった。

がたがたの古馬車と、なたまめ煙管をくわえた老馭者は、乗合自動車と、ハイカラな運転手に取ってかわられた。

自動車は、くさい瓦斯《ガス》を路上に撒いた。そして、路傍に群がって珍らしげに見物している子供達をあとに、次のB村、H村へ走った。

五

十一月になった。

ある夜、トシエは子を産んだ。兄は、妻の産室に這入った。が、赤ン坊の叫び声はなかった。分娩のすんだトシエは、細くなって、晴れやかに笑いながら、仰向《あおむけ》に横たわっていた。ボロ切れと、脱脂綿に包まれた子供は、軟かく、細い、黒い髪がはえて、無気味につめたくなっていた。全然、泣きも、叫びもしなかった。

「これですっかり、うるさいくびきからのがれちゃった。」

トシエは悲しむかと思いの外、晴々とした顔をしていた。これは、まだ、兄の妻とならないさきの、野良で自由にはねまわり、自由に恋をした、その時の顔だ。妙に、はしゃいでいた。

つつましさも、兄に頼りきったところも、トシエの顔から消え去ってしまった。赤ン坊は死んでいたのだ。

一カ月の後、彼女は、別の、色の生白い、ステッキを振り振り歩く手薄な男につれられて、優しく低く、何事かを囁きながら、S町への大通りを通っていた。

虹吉も家を捨てた。

六

そして、僕が、兄に代って、親を助けて家の心配をして行かなければならない、番になった。

こいつは、引き合わん、陰気くさい役目だ。

七

十六燭光を取りつけた一個の電燈は、煤と蠅の糞で、笠も球も黒く汚れた。

いつの間にか、十六燭は、十燭以下にしか光らなくなっていた。電燈会社が一割の配当をつづけるため、燃料で誤魔化しをやっているのだった。

芝居小屋へ活動写真がかかると、その電燈は息をした。

ふいに、強力な電燈を芝居小屋へ奪われて、家々の電燈は、スッと消えそうに暗くなった。映写がやまると、今度は、スッと電燈が明るくなる。又、始まると、スッと暗くなる。そして、電燈は、一と晩に、何回となく息をするのだった。

自動車は、毎日々々、走って来て、走り去った。雨が降っても、風が吹いても、休み日でも。

藁草履を不用にする地下足袋や、流行のパラソルや、大正琴や、水あげポンプを町から積んで。そして村からは、高等小学を出たばかりの、少年や、娘達を、一人も残さず、なめつくすようにその中ぶるの箱の中へ押しこんで。

自動車は、また、八寸置きに布片の目じるしをくくりつけた田植縄の代りに木製の新案特許の枠《わく》を持って来た。撥《は》ね釣瓶《つるべ》はポンプになった。浮塵子《うんか》がわくと白熱燈が使われた。石油を撒き、石油ランプをともし、子供が脛まで、くさった水苔くさい田の中へ脚をずりこまして、葉裏の卵を探す代りに。

苅った稲も扱《こ》きばしで扱き、ふるいにかけ、唐臼ですり、唐箕《とうみ》にかけ、それから玄米とする。そんな面倒くさい、骨の折れる手数はいらなくなった。くるくる廻る親玉号は穂をあてがえば、籾が面白いほどさきからとび落ちた。そして籾は、発動機をかけた自動籾摺機《もみすりき》に放りこまれて、殻が風に吹き飛ばされ、実は、受けられた桶の中へ、滝のように流れ落ちた。

おふくろが、昔、雨の日に、ぶんぶんまわして糸を紡いだ糸車は、天井裏の物置きで、まッ黒に煤けていた。鼠が時に、その上にあがると、糸車は、天井裏でブルンブルンと音をたてた。

「あの音は、なんぞいの？」

晩のことだった。耳が遠くなったおふくろは、僕のたずねたことが聞えずに、一人ごとをつづけていた。

「武井から、今日の昼、籾擂代を取りに来たが、その銭はあるか知らん？」

「あのブルンブルンという音は何ぞいの？」

「籾擂を機械に頼みゃ、唐臼をまわす世話はいらず、らくでええけんど、頼みゃ、頼んだだけ銭がかかるんじゃ。」

「あの、屋根裏のおかしげな音は何ぞと云ってるんだ！」

「なに、なんじゃ。――屋根裏に銭があると云いよるんか？」

おふくろはぼれかけた。

よなべに作る藁草履を捨てて地下足袋を買えば、金がいる。ポンプも、白熱燈も、親玉号も、みな金だった。その割に、売る米の値は上るどころじゃなかった。そこで、土地土地土地と、土地を第一に思っていたおふくろが、ぼれたなりに、今度は銭銭銭《ぜにぜにぜに》と、金のことばかりを独りごとに呟きだした。

八

「孫七」の娘のお八重が、見知らぬ男と睦まじげに笑いかわしながら、自動車からおりて来た。

情夫かと思うと、夫婦だった。

「太助」のお政も、その附近の者の顔ではない、別のタイプの男をつれて帰って来た。

素性の知れた、ところの者同志とでなければ、昔は、一緒にはならなかった。同村の者でなければ隣村の者と。隣村の者でなければ隣々村の者と。そして、夫婦をきめるのは、自分でなく、やかましい頑固な親だった。

今は、町へ出た娘達は、そこで、でっくわした男と勝手に一緒になった。

村へちょっと帰って、又、町へ出かけた。

次に村へ帰る時、又、別の男と一緒になっていたりした。人々は、それを当然のように思っていた。見てもなんにも云わなかった。

田舎に居っても、時が移り変っていることは感じられた。

昔流の古るくさいことばかりを守っている者は、次第に没落に近づいていた。人の悪い、目さきのきく、敏捷な男が、うまいことをやった。薪問屋は、石炭問屋に変り、鶏買いは豚買いに変った。それでうまいことをやった。いつまでも、薪問屋ばかりをやっている人間は、しまいには山の樹がなくなって、商売をやめなければならなくなっていた。薪問屋は、中間搾取をやる商売だ。しかし、そこからさえ、ある暗示を感じずにはいられなかった。

親爺は、やはりちびりちびり土地を買い集めていた。土地は値打がさがった。自作農で破産をする人間、誰れもかれも街へ出て作り手がなく売りに出す人間、伊三郎が、又、息子の学資に畠の一部を売る場合——秋に入ると一と雨ごとに涼しくなる、そんな風に、地価は、一つの売出し毎に、相場がだんだんさがった。

そんな土地を、親爺はあさりまわって買った。僕はそれを好かなかった。親爺は、買った土地を抵当に入れて、信用組合からなお金を借り足して、又、別の畠を買った。五六口の頼母子講は、すっかり粕になってしまっていた。

頼母子講は、一と口が一年に二回掛戻さなければならない。だから、毎月、どっかの頼母子が、掛戻金持算の通知をよこして来る。それで、親爺の懐はきゅうきゅうした。

それだのに親爺は、まだ土地を買うことをやめなかった。熊さんが、どこへ持って行っても相手にしない、山根の、松林のかげで日当りの悪い痩地を、うまげにすすめてくると、また、口車にのって、そんな土地まで、買ってしまった。その点、ぼれていても、おふくろの方がまだ利巧だった。

「そんな、やちもない畠や田ばかり買って、地主にでもなるつもりかい?」

僕は馬鹿々々しさと、腹立たしさとで、真面目に取り合えない気になっていた。

「地主にゃこし、なれるもんか。ただ、わいらにちっとでも田地を残してやろうと思うとるだけじゃ。銭を使うたら、それッきりじゃが、土地は孫子の代にまで残るもんじゃせに。」

親爺は、朴訥《ぼくとつ》で、真面目だった。

「俺ら、田地を買うて呉れたって、いらん。」

「われ、いらにゃ、虹吉が戻ってくりゃ、虹吉にやるがな。」

「兄やんが、戻って来ると思っとるんか、……馬鹿な！　もう戻って来るもんか。なんぼ田を買うたっていらんこっちゃ！」

信用組合からの利子の取立てと、頼母子講の掛戻と、女房と、息子の反対は、次第に親爺を苦るしくして行った。

三人が百姓に専心して、その収穫が、どうしても、利子に追いつかなかった。このままで行けば、買った土地を、又、より安くで売り払って、借金をかえさなければならなくなるのはきまりきっていた。

もっと利子の安い勧業銀行へ人を頼んであたってみたりした。

だが、ある日、春だった。

「うまいことになったわい。」親爺は、いきいきと、若がえったように、すたすた歩いて帰ってきた。彼は、やはり朴訥な、真面目な調子で云った。「今度、KからSまで電車がつくんで、だいぶ家の土地もその敷地に売れそうじゃ。坪五円にゃ、安いとて売れるせに、やっぱし、二束三文で、買えるだけ買うといて、うまいことをやった。やっぱし買えるだけ買うといてよかった。今度は、だいぶ儲かるぞ。」

九

青い大麦や、小麦や、裸麦が、村一面にすくすくとのびていた。帰来した燕は、その麦の上を、青葉に腹をすらんばかりに低く飛び交うた。

測量をする技師の一と組は、巻尺と、赤と白のペンキを交互に塗ったボンデンや、測量《レベ》機《ル》等を携えて、その麦畑の中を行き来した。巻尺を引っ張り、三本の脚の上にのせた、望遠鏡のような測量機《レベル》でペンキ塗りのボンデンをのぞき、地図に何かを書きつけて、叫んでいた。

英語の記号と、番号のはいった四角の杭が次々に、麦畑の中へ打たれて行った。

麦を踏み折られて、ぶつぶつ小言を云わずにいられなかったのは小作人だ。

親爺は、麦が踏み折られたことを喜んだ。

地主も、自作農も、麦が踏まれたことは、金が這入ることを意味する。

敷地買収の交渉が来た。

一畝、十二円六十銭で買った畠を、坪、二円三十銭で切り出して来た。一畝なら、六十九円となる訳だ。

親爺は、自家《うち》に作りたい畠だと云って、売り惜んだ。

坪、二円九十銭にせり上った。

親爺は、地味がいいので自家に作りたい畠だと、繰りかえした。そして、売り惜んだ。

単価がせり上った。

僕は、傍《そば》でだまってきいていて、朴訥な癖に、親爺が掛引がうまいのに感心した。坪二円九十銭なら、のどから手が出そうだのに、親爺はまるッきり、そんな素振りはちっとも現わさないのだ。

とうとう、三円五十銭となった。

家の田と畠は、三カ所、敷地にひっかかっていた。その一つの田は、真中が敷地となって、真二ツに切られ、左右が両方とも沿線となるようになっていた。

敷地ばかりでなく、沿線一帯の地価が吊り上った。こんなうまいことはなかった。

田と畠を頼母子講の抵当に書きこみ、或は借金のかわりに差押えられようとしていた自作農は、親爺だけじゃなかった。庄兵衛も作右衛門も、藤太郎も、村の自作農の半分はそういう、つらいやりくりであえいでいた。それが、息を吹きかえしたように助かった。地主はホクホクした。卯太郎は、いつか五千円で町に近い田を売って、そのうちの八十五円で畠を買った。その畠が、また今度、鉄道の敷地にかかっていた。

「貧乏たれが、ざま見い。うら等、やること、なすことが、みんなうまくあたるんじゃ。

わいら、うらの爪の垢なりと煎じて飲んどけい。」

彼は太平楽を並べていばっていた。

「何ぬかすぞい！　卯の天保銭めが！」

麦を踏み荒されたばかりで敷地となる田も畠もない持たない小作人は、露骨な反感を現わした。

「うちの田は、ちょっとのことではずれくさった。もう五間ほどあの電車道が、西へ振っとったら、うちにもボロイ銭が這入って来るんじゃったのに！」

と、残念がっている者もあった。

「伊三郎にゃ、あれだけ土地を持っとって、どうしたんか、相談でもしたように、はずれとる。」おふくろは、他人の事を嬉しげに話をした。トシエが逃げ返った仇をここで取っているような気持だった。「かかっとるんは、たった一枚だけで、ほかは、角だけ一寸ふれとるんが、二たところあるばっかしじゃ。」

「へへえ、そいつは面白い。」

僕も、何か、気味たいのよさを感じた。

「それで、あしこにゃ、子供を学校へやった借金はあるし、年貢は、小作が、きちんきちんと納めやせんし、くやんどるとい。」

「そいつもばちじゃ。かまうもんかい。」

敷地に杭を打たれたところへは、麦を刈り取ったあとで、鍬《す》きも、耕しも、植付けもしなかった。夏は、青々とした雑草が、勝手きままにそこに繁茂した。秋の末になると、その雑草は、灰色になって枯れた。黄金色にみのった稲穂の真中を、そこだけは、真直に、枯色の反物を引っぱったようになっていた。秋からは、その沿線附近一帯をも、あまり儲けにならない麦を蒔かずに、荒れるがままに放って置く者もあった。

冬の始めになった。又、巻尺と、赤と白のペンキ塗りのボンデンを持った測量の一組がやって来た。そして、望遠鏡のような測量機《レベル》でのぞき、何かを叫んで、新しく、別なところへ持って行って、四角の杭を打ちつけた。杭と杭とをつなぎ合す線は、今度はいくらか蛇のようにうねってきた。

「またもう一つ、別の電車をつくるんじゃろうか。」

親爺は、測量をする一と組の作業を見てきて心配げな顔をした。

「こんなへんぴへ二つも電車をつけることはないだろう。」

「ふむ。それは、そうじゃ。」

人々は、新しい杭が打たれて行くあとへ、神経を尖らしだした。敷地は、第一回の測量地点から、第二回の測量地へ変更されることになったのだ。

はじめの測量には、所有地が敷地に這入っていたのに、今度は、はずれている。そんな地主や自作農もあった。はじめは、四カ所もはいっていたのに、今度は、一坪もふれていない。そんな者もあった。恐慌が来た。うまい儲けにありつけると思って、田を荒らして、待ちかまえていた。それだのに、そのあてがはずれてしまった。呆然とした。新規の測量で、新しく敷地にかかったものは喜んだ。地主も、自作農も、――土地を持っている人間は、悲喜交々《こもごも》だった。そいつを、高見の見物をしていられるのは、何にも持たない小作人だ。

「今度もみんごと、家にゃ、四ツところかかっとる。」と、親爺は、胸をなでおろした。

「しかし、先の方が瘦地ばかり取って呉れるようになっとったのに今度は分が悪るなっとるぞ。それに、こうかえられては、荒らした畠を、また作れるように開墾するんがたいへんじゃ。」

線路を、どうしてわざと曲りくねらすのか、それが変だった。直線が一番いい筈じゃないか。一寸、そんな気がした、すると、誰れかが、

「今度ア、伊三郎の田を入れるとて、わざと、あんな青大将のようにうねうねとうねらしてしまったんだぞ。」

こう云い出した。実際、今度は、伊三郎の田が、どいつも、こいつもひっかかっていた。

「停留場を、あしこの田のところへ、権現の方のを換えて持って行くというじゃないか?」

「だいぶ重役に賄賂を摑ましたんじゃ。あの熊さんを使うてやったんじゃよ。——熊の奴この夏からさいさいK市までのこのこと出かけて行きよったじゃないか。」

「そうか、そんなことをやりくさったんか。道理で、此頃、熊と伊三郎がちょんちょんやっとると思いよった。くそッ！」

敷地にはずれた連中は、ぐゎいぐゎい騒ぎ出した。敷地に這入るか、這入らないかは、彼等の家がつぶれるか、つぶれないかに関係していた。真剣に、目を血ばしらすのは当然だった。

「そんじゃ、こっちも、みんなで、ほかの重役のとこへ膝詰談判に行こうじゃないか。伊三郎が、そんなことをしくさるんなら、こっちだって、黙って引っこんでは居れんぞ。」

「うむ、そうだ、そうだ。黙って泣寝入りは出来やせん！」

K市へ出かけて行った連中は埒《らち》があかなかった。

「やっぱし、人間のずるい、金の融通のきく奴が、うまいことをしくさるんだ。」僕は、それを見ながら、この感じを深くした。裏でこそこそやる人間が、なんでもうまいことをしているんだ。馬鹿正直な奴が、いつでも結局、一番の大馬鹿なんだ。

ある晩、わいわい騒いでいる久助の女房は、伊三郎の家に火をつけた。が、それは、火事とならずにもみ消された。小作人も、はずされた仲間の方についた。伊三郎の田は、六月の植えつけから、その三分の二は耕されず雑草がはびこるままに荒らされだした。

だが、それから間もなくだった。

「や、大変なこっちゃ。これゃ、何もかもわやじゃ！」

親爺はびっくりして、鶏の糞だらけの鶏小屋の前で腰をぬかしていた。

「どうしたんじゃ？　どうしたんじゃ？」

「これゃ、わやじゃ。何もかもすっかりわやじゃ。来てくれい！　どうしよう？　どうしよう？」

親爺は腰がぬけて脚が立たなかった。彼が鶏に餌をやろうとしていた時、ＫＳ電鉄の重役が贈賄罪で起訴収容され、電車は、おじゃんになってしまったことを、村の者が知らしてきたのである。

「何だ、そんなことで腰をぬかすなんて！」

僕は立つことの出来ない親爺を見ながらなぜか、清々とするものを感じるのだった。

村は、歓喜の頂上にある者も、憤慨せる者も、口惜しがっている者も、すべてが悉く高い崖の上から、深い谷間の底へ突き落されてしまった。喜ぶことはやさしかった。高い所から深いドン底へ墜落するのは何というつらいことだろう！

荒された土地には依然として雑草が繁茂し、秋には、草は枯れ、そこは灰色に朽ち腐った。

一〇

やがて親爺が死んだ。

慶応年間に村で生れた親爺は、一生涯麦飯を食って、栄養不良になることも、早く年を取り、もうろくすることもかまわずに、ただ、いくらかの土地を自分のものとし、財産を作って、子供に残してやろうと、そればかりを考えていた。

死ぬ前には、親爺はぼれていた。若い時分、野良で過激に酷使しすぎた肉体は、年がよるに従って云うことをきかなくなった。

親爺は、肥桶《こえおけ》をかついだり、牛を使ったりするのを、如何にも物憂げに、困難げにしだしていた。米俵をかつぐのは、もう出来ないことだった。晩には彼は眠られなかった。四肢がけだるく、腰は激しい疼《うず》くような痛みを覚えた。昔は自分の肉体など、感じないほど、五体が自由に動いたものだった。それが、今は、不思議に身体全体が、もの憂く、悩ましく、ちょっと立上るのにさえ、重々しく、厄介に感じられた。

夜があけると、彼は、鍬をかついで、よぼよぼと荒らされた土地を勿体ながって開墾に出かけた。仕事ははかどらなかった。

土地の方が、今度は彼を見捨ててしまった。

田も畑もすべて借金の抵当に這入っていた。そして、電鉄が中止ときまってからは、地価は釣瓶落ちに落ちた。親爺は、もう、彼の力では、大勢を再びもとへ戻すのは不可能だと感じたのに違いない。彼は、なお、土地を手離すまいと努力した。金を又借り足して利子を払った。しかし、何年か前、彼に、土地を売りつけに来た熊さんは、矢のように借金の取立てに押しかけて来た。土地を売ッ払ッて仕末をつけてしまうように、無遠慮な調子で切り出した。

昔、彼が、破産した男の土地を、値切り倒して面白がって買ったように、今度は、若いほかの男が、彼の土地を嬲《なぶ》るように値切りとばした。二束三文だった。

親爺は、もう、親爺としての一生は、失敗であり、無意義であり、朴訥と、遅鈍と、阿呆の歴史であった、と感じたのに違いない。彼の一代の総勘定はすんでしまった。そして残ったものは零《ゼロ》である。

彼は、死んだ。その一生のつとめを終ってしまった樹木が、だんだんに、どこからともなく枯れかけて、如何なる手段を施しても、枯れるものを甦らすことは出来ないように死んでしまった。

土地も借金も同時になくなってしまったことを僕は喜んだ。せいせいとした。虹吉は、K市から帰って来た。

それからおふくろが死んだ。おふくろは、町にいる虹吉のことを、巡査が戸籍調べの振りをして、ちょいちょい訊きに来るのを気に病んでいた。巡査は、虹吉のことだけを、根掘り葉掘り訊きただした。妻はあるか、何をしているか、そして、近々、帰っては来ないか。——近々帰っては来ないか？　これだけは、いつ来ても訊くことを忘れなかった。おふくろは、息子が泥棒でもやっているのではないか、そんな危惧をさえ抱かせられていた。

僕等は、さっぱりとした。田も、畠も、金も、係累《けいるい》もなくなってしまった。すきなところへとんで行けた。すきな事をやることが出来た。

トシエの親爺の伊三郎の所有地は、蓬《よもぎ》や、秣草《まきぐさ》や、苫茅《とまがや》が生い茂って、誰れもかえり見る者もなかった。

僕と虹吉は、親爺が眠っている傍に持って行って、おふくろの遺骸を、埋めた。秋のことである。太陽は剃刀《かみそり》のようにトマトの畠の上に冴えかえっていた。村の集会所の上にも、向うの、白い製薬会社と、発電所が、晴れきった空の下にくっきりと見られるS町にも、何か崩れつつあるものと、動きつつあるものとが感じられた。

僕には、兄が何をやっているか、それは分っていた。

虹吉は、おふくろを埋葬した翌日、あわただしげに村をたって行った。

前哨

一　豚

毛の黒い豚の群が、ゴミの溜った沼地を剛い鼻の先で掘りかえしていた。

浜田たちの中隊は、洮昂鉄道の沿線から、約一里半距った支那部落に屯《たむろ》していた。十一月の初めである。奉天を出発した時は、まだ、満洲の平原に青い草が見えていた。それが今は、何一ツ残らず、すべてが枯色だ。

黒龍江軍の前哨部隊は、だだッぴろい曠野と丘陵の向うからこちらの様子を伺っていた。こちらも、攻撃の時期と口実をねらって相手を睨みつづけた。

十一月十八日、その彼等の部隊は、東支鉄道を踏み越してチチハル城に入城した。洮昂鉄道は完全に××した。そして、ソヴェート同盟の国境にむかっての陣地を拡げた。これは、もう、人の知る通りである。

ところで、それ以前、約二週間中隊は、支那部落で、獲物をねらう禿鷹のように宿営をつづけていた。

その間、兵士達は、意識的に、戦争を忘れてケロリとしようと努めるのだった。戦争とは何等関係のない、平時には、軍紀の厳重な軍隊では許されない面白おかしい悪戯《いたずら》や、出たらめや、はめをはずした動作が、やってみたくてたまらなくなるのだった。

黄色い鈍い太陽は、遠い空からさしていた。

屋根の上に、敵兵の接近に対する見張り台があった。その屋根にあがった、一等兵の浜田も、何か悪戯がしてみたい衝動にかられていた。昼すぎだった。

「おい、うめえ野郎が、あしこの沼のところでノコノコやって居るぞ。」

と、彼は、下で、ぶらぶらして居る連中に云った。

「何だ？」

下の兵士たちは、屋根から向うを眺める浜田の眼尻がさがって、助平たらしくなっているのを見上げた。

「何だ？　チャンピーか？」

彼等が最も渇望しているのは女である。

「ピーじゃねえ。豚だ。」

「何？　豚？　豚？——うむ、豚でもいい、よし来た。」

お菜《かず》は、ふのような乾物類ばかりで、たまにあてがわれる肉類は、缶詰の肉ときている彼等は、不潔なキタない豚からまッさきにクンクンした生肉の匂いと、味わいを想像した。そして、すぐ、愉快な遊びを計画した。

五分間も経った頃、六七名の兵士たちは、銃をかついで、茫漠たる曠野を沼地にむかって進んでいた。豚肉の匂いの想像は、もう、彼等の食慾を刺戟していた。それ程、彼等は欲望の満されぬ生活をつづけているのだ。

沼地から少しばかり距った、枯れ草の上で彼等は止った。そこで膝射《ひざうち》の姿勢をとった。農民が逃げて、主人がなくなった黒い豚は、無心に、そこらの餌をあさっていた。彼等はそれをめがけて射撃した。

相手が×間でなく、必ずうてるときまっているものにむかって射撃するのは、実に気持のいいことだった。こちらで引鉄《ひきがね》を振りしめると、すぐ向うで豚が倒れるのが眼に見えた。それが実に面白かった。彼等は、一人が一匹をねらった。ところが初年兵の後藤がねらった一匹は、どうしたのか、倒れなかった。それは、見事な癇高いうなり声をあげて回転する独楽のように、そこら中を、はげしくキリキリとはねまわった。

「や、あいつは手負いになったぞ。」

彼等は、しばらく、気狂いのようにはねる豚を見入っていた。

後藤は、も一発、射撃した。が、今度は動く豚に、ねらいは外れた。豚は、一としきり一層はげしく、必死にはねた。後藤はまた射撃した。が、弾丸はまた外れた。

「これが、人間だったら、見ちゃ居られんだろうな。」誰れかが思わず呟《つぶや》いた。「豚でも気持が悪い。」

「石塚や、山口なんぞ、こんな風にして、×××ちまったんだ。」大西という上等兵が云った。「やっぱし、あれは本当だろうかしら？」

「本当だよ。××××××××××××××××。」

やがて、彼等は、まだぬくもりが残っている豚を、丸太棒の真中に、あと脚を揃えて、くくりつけ、それをかついで炊事場へ持ちかえった。逆さまに吊られた口からは、血のしずくが糸を引いて枯れ草の平原にポタポタと落ちた。

「お前ら、出て行くさきに、ここへ支那人がやって来たのを見やしなかったか？」

宿舎の入口には、特務曹長が、むつかしげな、ふくれ面をして立っていた。

「特務曹長殿、何かあったんでありますか？」

「いや、そのう……」

特務曹長は、血のたれる豚を流し眼に見ていた。そして唇は、味気なげに歪んだ。彼等は、そこを通りぬけた。支那家屋の土塀のかげへ豚を置いた。

「おい、浜田、どうしたんだい？」

何かあったと気づいた大西は、宿舎に這入《はい》ると、見張台からおりている浜田にたずねた。

「敏捷な支那人だ！　いつのまにか宿舎へ××を×いて行ってるんだ。」

「どんな××だ？」

「すっかり特さんが、持って行っちまった。俺れらがよんじゃ、いけねえんだよウ。」

だが、しばらくすると浜田は、米が這入った飯盒《はんごう》から、折り畳んだものを出してきた。

「いくら石塚や山口が×××たって、ちゃんと、このあたりの支那人の中にだって、俺れらの××が居るんだ！　愉快な奴じゃないか、こんなに沢山の人間が居るのに、知らんまに這入ってきて、×くだけ××を×いたら、また、知らんまに出て行っちまって居るんだ。すばしこい奴だな。」

二　慰問袋

壁の厚い、屋根の低い支那家屋は、内部はオンドル式になっていた。二十日間も風呂に這入らない兵士達が、高粱稈《こうりゃんかん》のアンペラの上に毛布を拡げ、そこで雑魚寝《ざこね》をした。ある夕方浜田は、四五人と一緒に、軍服をぬがずに、その毛布にごろりと横たわっていた。支那人の××ばかりでなく、キキンの郷里から送られる親爺の手紙にも、慰問袋にも×××がかくされてあるのに気づいた中隊幹部は非常にやかましくなってきた。

オンドルは、おだやかな温かみを徐ろに四肢に伝えた。虱は温か味が伝わるに従って、皮膚をごそごそとかけずりまわった。

もう暗かった。

五時。——北満の日暮は早やかった。経理室から配給された太い、白い、不透明なローソクは、棚の端に、二三滴のローを垂らして、その上に立ててあった。殺伐な、無味乾燥な男ばかりの生活と、戦線の不安な空気は、壁に立てかけた銃の銃口から臭う、煙硝の臭いにも、カギ裂きになった、泥がついた兵卒の軍衣にも現れていた。

ボロボロと、少しずつくずれ落ちそうな灰色の壁には、及川道子と、川崎弘子のプロマイドが飯粒で貼りつけてある。幹部は、こういうものによって、兵卒が寂寥を慰めるのを喜んだ。

六時すぎ、支那馬の力のないいななきと、馬車の車輪のガチャガチャと鳴る音がひびいて来た。と、ドタ靴が、敷瓦を蹴った。入口に騒がしい物音が近づいた。ゴロ寝をしていた浜田たちは頭をあげた。食糧や、慰問品の受領に鉄道沿線まで一里半の道のりを出かけていた十名ばかりが、帰ってきたのだ。

宿舎は、急に活気づいた。

「おい、手紙は?」

防寒帽子をかむり、防寒肌着を着け、手袋をはき、まるまるとした受領の連中が扉を開けて這入ってくると、待っていた者は、真先にこうたずねた。

「だめだ。」

「どうしたんだい？」

「奉天あたりで宿営して居るんだ。」

「何でじゃ？」

「裸にひきむかれて身体検査を受けて居るんだ。」

「畜生！　親爺の手紙まで、俺れらにゃ、そのまま読ましゃしねえんだな！」

でも、慰問袋は、一人に三個ずつ分配せられた。フンドシや、手拭いや、石鹸ばかりしか這入っていないと分っていても、やはり彼等は、新しく、その中味に興味をそそられた。何が入れてあるだろう？　その期待が彼等を喜ばした。それはクジ引のように新しい期待心をそそるのだった。

勿論、彼等は、もう、白布の袋の外観によって、内容を判断し得るほど、慰問袋には馴れていた。彼等は、あまりにふくらんだ、あまりに嵩《かさ》ばったやつを好まなかった。そういう嵩ばったやつには、仕様もないものがつめこまれているのにきまっていた。

また、手拭いとフンドシと歯磨粉だった。彼等は、それを掴み出すと、空中に拡げて振った。彼等は、そういうもの以外のものを期待しているのだった。と、その間から、折り畳んだ紙片が、パラパラとアンペラの上に落ちた。

「うへえ!」

棚のローソクの灯の下で袋の口を切っていた一人は、突然トンキョウに叫んだ。

「何だ? 何だ?」

一時に、皆の注意はその方に集中した。

「待て、待て! 何だろう?」

彼は、ローソクの傍に素早く紙片を拡げて、ひっくりかえしてみた。

「××か?」

「ちがう。学校の先生がかかした子供の手紙だ! チッ!」

その時、扉が軋って、拍車と、軍刀が鳴る音がした。皆は一時に口を噤《つぐ》んで、一人に眼をやった。顔を出したのは大隊副官と、綿入れの外套に毛の襟巻をした新聞特派員だった。

「寒い満洲でも、兵タイは、こういう温い部屋に起居して居るんで……」

「はア、なる程。」特派員は、副官の説明に同意するよりさきに、部屋の内部の見なれぬ不潔さにヘキエキした。が、すぐ、それをかくして、「この中隊が、嫩江《のんこう》を一番がけに渡ったんでしたかな?」とじろじろと部屋と兵士とを見まわした。

「うむ、そうです。」

「何か、その時に、面白い話はなかったですかな?」

記者は、なお、兵士たちを見まわしつづけた。

兵士たちは、お互いに顔を見合わして黙っていた。記者は開けたばかりの慰問袋や、その中味や、子供の手紙にどんなことが書いてあるか、そういうことをたずねるのだった。

兵士たちは、やはり、お互いに顔を見合わしていた。

「くそッ！　おれらをダシに使って記事を書こうとしてやがんだ！　俺れらを特種にするよりゃ、さきに、内地の事情を知らすがいい。」

彼等は、記者が一枚の写真をとって部屋を出て行くと、口々にほざいた。

「俺ら、キキンで親爺やおふくろがくたばってやしねえか、それが気にかかってならねえや！」

三　前哨

ドタ靴の鉄ビョウが、凍てついた大地に、カチカチと鳴った。

深山軍曹に引率された七人の兵士が、部落から曠野へ、軍装を整えて踏み出した。それは偵察隊だった。前哨線へ出かけて行くのだ。浜田も、大西も、その中にまじっていた。

彼等は、本隊から約一里前方へ出て行くのである。

樹木は、そこ、ここにポツリポツリとたまにしか見られなかった。山もなかった。緩慢な丘陵や、沼地や、高粱の切株が残っている畠があった。彼等は、そこを進んだ。いつのまにか、本隊のいる部落は、赭土《あかつち》の丘に、かくれて見えなくなった。淋しさと、心もとなさと、不安は、知らず知らず彼等を襲ってきた。だが彼等は、それを、顔にも、言葉にも現わさないように瘦我慢《やせがまん》を張っていた。

支那兵が、悉く《ことごと》、苦力や農民から強制的に徴募されて、軍閥の無理強いに銃を持たされているものであることは、彼等には分りきっていた。それは、彼等と同じような農民か、でなければ労働者だった。そして、給料も殆んど貰っていなかった。しかし、彼等には、やはり、話にきいた土匪や馬賊の惨虐さが頭にこびりついていた。劣勢の場合には尻をまくって逃げだすが、優勢だと、図に乗って徹底的な惨虐性を発揮してくる。そういう話が、たった八人の彼等を、おびやかすのだった。本隊を遠く離れると、離れる程、恐怖は強くなって、彼等は、もう、ただ彼等だけだと感じるようになった。

北満の曠野は限りがなかった。茫漠たる前方にあたって一軒の家屋が見えた。地図を片手に、さぐりさぐり進んでいた深山軍曹は、もう、命じられた地点に来たと了解した。ところどころに、黒龍江軍の造った塹壕のあとがあった。そこにもみな、土が凍っていた。彼等は、棄てられた一軒の小屋に這入って、寒さをしのぎつつ、そこから、敵の有様を偵察することにきめた。

その小屋は、土を積み重ねて造ったものだった。屋根は、屋根裏に、高粱稈を渡し、その上に、土を薄く、まんべんなく載せてあった。扉は、モギ取られていた。内部には、床も棚も、腰掛けも、木片一ツもなかった。ただ、比較的新しいアンペラの切れと、焚き火のあとがあった。恐らく、誰れかの掠奪にでもあったのだろう。

「おや、おや、まだ、あしこに、もう一軒、家があるが。」

内部の検分を終えて、外に出た大西が、ふりかえって叫んだ。それは五十米と距らない赭土の掘割りの中に、まるで土の色をして保護色に守られて建っていた。

「あいつも見て置く必要があるな。」

浜田は、さきに立って、ツカツカと進もうとした。その時赭土の家からヒョイと一人の中山服が顔を出した。

「や、支那兵だ！」

彼は、一時に心臓の血が逆立ちして、思わず銃を持ち直した。すぐ様、火蓋《ひぶた》を切ったものか、又は、様子をうかがったものか、瞬間、迷った。ほかの七人も棒立ちになって、一人の中山服を見つめた。若し、支那兵が一人きりなら、それを片づけるのは訳のない仕事だ。しかし、機関銃を持って十人も、その中にかくれているか、或は、銃声をききつけて、附近から大部隊がやって来るとすると、こちらがみな殺しにされないとは云えない。一里の距離は、彼等に、本隊への依頼心を失わせてしまった。そして、軍曹から初年兵の後藤にいたるまで、自分たちはただ、自分たち八人だけだという感じを深くした。

中山服は、彼等を見ると、間が抜けたようにニタニタと笑った。つづいて、あとからも一人顔を出した。それも同じように間が抜けた、のんびりした顔でニタニタと笑った。

「何ンだい、あいつら笑ってやがら！」

今にも火蓋を切ろうとしていた、彼等の緊張はゆるんだ。油断をすることは出来なかった。が、このまま、暫らく様子を見ることにした。

どちらも、後方の本陣へ伝令を出すこともなく、射撃を開始することもなく、その日はすぎてしまった。しかし、不安は去らなかった。その夜は、浜田達にとって、一と晩じゅう、眠ることの出来ない、奇妙な、焦立《いらだ》たしい、滅入《めい》るような不思議な夜だった。

あくる日も、中山服は、やはり、その家の中にいた。こちらが顔を出すと、向うも、やはり窓から顔を出す。そして、昨日のように間が抜けたニコニコ笑いをして見せた。と、こちらも、それに対して、怒りを以てむくいることは出来なかった。思わず、ニタニタと笑ってしまった。そういう状態がしばらくつづいた。

お昼すぎ、飯盒で炊いた飯を食い、コック上りの吉田が豚肉でこしらえてよこしたハムを缶切りナイフで切って食った。浜田は、そのあまりを、新しい手拭いに包んで、××兵にむかって投げてやった。

「そら、うめえものをやるぞ！」と、彼は支那語で叫んだ。

「ようし！」

相手は答えた。

手拭いに包んだハムの片《きれ》が、支那兵の家に到る途中に落ちると、支那兵は、一時に、三人もころげるようにとび出してきて、嬉しげに罵りながらそれを拾った。今度は彼等がボロ切れに包んだものを出して見せた。

「酒が行くぞ！」向うから叫んだ。

「何だ？」相手の云う支那語は、早口で、こちらには分らなかった。が、まごまごしているうちに、ボロ切れに包んだものが風を切って、浜田の前に落ちた。中には、支那酒の瓶が入っていた。

深山軍曹は、それを喜ばなかった。浜田がビンの栓《せん》を取ると、

「毒が入って居るぞ！」と、含むところありげな眼をした。

「そんなこたない。俺れが毒みをみてやろう。」傍から大西が手を出した。

「いや、俺れがやる。」

浜田は、さきに、ガブッと一と口飲んでみた。そして、大西に瓶を渡した。大西は味をみると、

「ナーニ、毒なんか入って居るもんか、立派な酒だ！」

と舌つづみを打った。

酒は、ビンから喇叭《ラッパ》のみにして、八人の口から口にまわった。兵士たちの、うまそう

な、嬉しげな様子を見ると、とうとう深山軍曹も手を出した。そして、しまいには酔った。眼のふちが紅くなった。

次の晩には、もう、不安は、彼等を襲わなかった。附近で拾い集めてきた枯木と高粱稈を燃して焚き火をした。こんなとき、いつも雑談の中心となるのは、鋳物工で、鉄瓶造りをやっていた、鼻のひくい、剛胆な大西だった。大西は、郷里のおふくろと、姉が、家主に追立てを喰っている話をくりかえした。

「俺れが満洲へ来とったって、俺れの一家を助けるどころか家賃を払わなきゃ、住むこたならねえと云ってるんだ。×のためだなんてぬかしやがって、支那を×ることや、ロシアを××ることにゃ、××てあげて××やがって、俺れらから取るものは一文も負けずに、むしり取りくさるんだ。」

「うむ、ふんとだ！」

「満鉄がどれだけ配当をしたって、株を持たん俺れらにゃ、一文も呉れやしねえからな。」

特務曹長に、兵卒の思想についても気を配るように云い含められてきている深山軍曹は、話をほかへ持って行こうとした。

「よせ、よせ。そんなことは。」彼は、叱るように云った。

「俺ら、なにも、嘘を話してるんじゃねえんだ。有る通りを云ってるんだ。」

大西は、××にかまわなかった。

本隊を離れてしまった彼等には、×の区別も×の区別もなかった。恐れる必要もなかった。××と雖も、××の前には人間一人としての価値しかなかった。そして、××は、使おうと思えば、いつでも使えるのだ。九時すぎに、薪が尽きてきた。浜田は、昼間に見ておいた枯れ木を取りに、初年兵の後藤をさそった。

「俺ら、若しもの場合に、銃を持って行くから、お前、手ぶらで来て呉れんか。」と、浜田は、後藤に云った。「銃を持った日にゃ、薪は皆目かつがれやしねえからな。」

「大丈夫かい。二人で?」大西は不安げな顔をした。

「うむ、大丈夫さ」

だが、力の強い、鰹船に行っていた川井がすぐ、帯剣だけで立ち上った。

三人は、小屋から外に出た。一面に霜が降りた曠野は、月で真白だった。凍った大地はなお、その上に凍ろうとしていた。三人が歩くと、それがバリバリと靴に踏み砕かれて行った。

一町ほど向うの溝の傍で、枯木を集めようとして、腰をのばすと浜田は、溝を距てて、すこし高くなった平原の一帯に放牧の小牛のような動物が二三十頭も群がって鼻をクンクンならしながら、三人をうかがっているのを眼にとめた。

「おい、蒙古犬だ!」

彼は思わず叫んだ。

初年兵の後藤が束ねた枯木を放り出して、頭をあげるか、あげないうちに、犬の群は突撃を敢行する歩兵部隊のように三人をめがけて吠えついてきた。浜田は、すぐ銃を取った。川井と、後藤とは帯剣を抜いた。小牛のように大きい、そして闘争的な蒙古犬は、物凄くわめき、体軀を地にすりつけるようにして迫ってきた。それは、前から襲いかかってくるばかりでなく、右や、左や、うしろから人間のすきを伺った。そして、脇の下や、のど笛をねらってとびかかった。浜田はそれまで、たびたび戦場に遺棄された支那兵が、蒙古犬に喰われているのを目撃してきていた。それは、原始時代を思わせる悲惨なものだった。

彼は、能う限り素早く射撃をつづけて、小屋の方へ退却した。が、犬は、彼等の退路をも遮っていた。白いボンヤリした月のかげに、始め、二三十頭に見えた犬が、改めて、周囲を見直すと、それどころか、五六十頭にもなっていた。川井と後藤とは、銃がないことを残念がりながら、手あたり次第に犬を剣で払いのけた。が、犬は、払いのけきれない程、次から次へとつづいて殺倒《さっとう》した。全く、彼等を喰い殺さずにはおかないような勢いだった。その時、浜田は、自分の銃でない、ちがった銃声を耳にした。それは、三八式歩兵銃の銃声ではなかった。見ると、支那兵の小屋に近い方から、四五人の黒いかげが、やはり蒙古犬にむかって、しきりに射撃をつづけていた。

小屋に残っていた六人は、窓に吊した破れたアンペラのかげから外をのぞいた。猛々《たけだけ》しい犬は、小屋をも遠巻きに取巻いて、波のように、うごめき呻っていた。月のかげんで、眼だけが、けいけいと光っているのも見えた。すぐさま、彼等は、銃を取った。そして小屋から踊り出た。

犬の群は、なかなかあとへは引かなかった。人間に襲いかかろうと試みて、弾丸に倒されると、そのあとから、また、別の犬が、屍を踏み越えて、物凄く突撃してくるのだった。彼等は、勝つことが出来ない強力な敵に遭遇したような緊張を覚えずにはいられなかった。

犬と人間との入り乱れた真剣な戦闘がしばらくつづいた。銃声は、日本の兵士が持つ銃のとどろきばかりでなく、もっとちがった別の銃声も、複雑にまじって断続した。

危く、蒙古犬に喰われそうになっていた浜田たちは、嬉しげに、仲間が現れた、その方へ遮二無二に馳せよった。

「やア！　有難う、助かった！」

「…………」何か日本語でないひびきがした。

ふと、月かげにすかして見ると、それは、昼間、酒を呉れた支那兵だった。

「有がとう！　有がとう！」

彼は、つづけてそう云った。

それから、なお、十分間も、犬に対する射撃は、継続された。犬の群は、白い霜の上に落ちたその黒い影法師と一緒に動いて、ボヤけた月に、どうかすると、どちらが、犬か、影法師か見分けがつかなくなったりした。支那兵は、彼等と一緒に、共同の敵にむかったときにもそうするであろうように執拗に犬の群を追いまくった。もう、彼等は、お互いに××なかった。

三日後、十一月十七日、日本軍は、全線に亘って、いっせいに前進を開始した。

彼等の属している中隊も前進した。そしてまもなく、前哨線の小屋のあるところに到達した。中隊長は、前哨に送った部下の偵察隊が、××の歩哨と、馴れ馴れしく話し合い、飯盒で焚いた飯を分け、相手から、粟の饅頭を貰い、全く、仲間となってしまっているのを発見して、真紅になった。

「何をしているか！」

中隊長は、いきなり一喝した。

「そいつはどこの人間だ！　ぶち××ちまえ！　掴まえろ！」

命令に対して、怠慢をつぐなうため、早速銃をとって立ちあがるかと思いの外、彼の部下の顔には、××な、苦々しい感情がありありと現れた。

「うて、うち×せ！」

だが、その時、銃を取った大西上等兵と浜田一等兵は、安全装置を戻すと、直ちに、××××××××をねらって引鉄《ひきがね》を引いた。

黒島伝治、その文学と時代

人と作品

勝又 浩

次に引くのは黒島伝治の「作家の信条」なる短文。全集では「アンケート」となっていて、おそらく往復はがきの返信での回答なのだろう。これが全文である。

なにものよりも、自分のからだでぶつかって知り得たものを信ずること。自分の眼で見、耳できいたものでもよい。他人の説よりも、それを信じること。

近頃の、よんで分りにくい、何かありそうに持ってまわった表現をしているが、なんら人を感激させるものがないような行き方は……時代の文学の特徴であるが、それは文学として正しい道でない。文学は、一読直ちに考えたり議論をしたりする余裕なく人を感動させるものでなければならない。そして、なお、再読、三読するにしたがって、感動を新しくし、深くするようなものなら、なお更よい。

黒島伝治の小説は一口にシベリアもの、小豆島を舞台にした農民ものと醬油工場もの、あるいは特異な長編『武装せる市街』のような中国大陸を舞台にしたもの等々があるが、それらはすべてこうした「信条」のなかから生まれ、書かれているのだろう。

僅か四四歳で亡くなり、しかもその晩年一〇年は戦争と自身の病気のために執筆活動はほとんどなかった。作家生活としては実質一〇年ほどしかなかった人だから、作品数の少ないのは仕方ないとして、小説の舞台がまるで私小説作家のように狭いのも、言ってみればこういう「信条」と深く関わっているに違いない。

だが、そうであるがゆえに、この文章の後半部分のような辛辣で厳しい意見も生まれてくるわけだ。

そうだ、と私などは全く共感してしまう。最近の経験を思い出しても、それは新人として次々と送り出されてくる芥川賞作家たちの作品ばかりではない。ここに名は挙げないがそれなりにキャリアーを積んだはずの人の作品でも、「何かありそうに持ってまわった表現」、「なんら人を感激させるものがない」ような作品が実に多いからだ。黒島伝治のこのことばはそのくらい当代にも通用する事実を言っているが、そのことにも私は改めて驚かざるを得ない。この文章が書かれてから既に九〇年近くは経っているはずだからである。全集では初出未詳とされているが、彼がプロレタリア文学系以外の雑誌にも作品を発表するようになった昭和初期、三年から五年の間に書かれたことはほぼ間違いないだろう。まったく天が下新しきものなしということか。時代とともに文学は変わっているようでも、それをめぐる文学状況というふうに眺めれば、それはいつの時代も一向に変わりないということかもしれない。とすれば、このことは今の私たちにも大きな警鐘、教訓である。今こそわれわれは黒島伝治を、その文学の「感激」「感動」の質を考え、呼び戻す必要があるだろう。

＊

黒島伝治が、今の文学には「人を感激させるものがない」と書いたとき、彼は当時のどんな文学を見ていたのだろうか。もとより具体的なことは分からないが、もしこれが昭和三年の発言であったとすれば、それは、黒島伝治自身が属したプロレタリア文学の陣営で見れば、たとえば小林多喜二の『一九二八年三月十五日』で知られた「三・一五事件」があったような時代だ。

まず、昭和三年三月に「日本左翼文芸家総連合」なるものが発足した。これは、それまでさまざまな発祥背景を引きずってばらばら、また理論的な対立から四分五裂していた革命運動内部の大同団結を期したものであった。従って、一面ではそれなりに運動の機が熟したことになるが、それはそのまま取り締まる側の判断にもなったわけで、「連合」決起集会二日後の三月一五日、待っていたように「三・一五事件」、前例のない共産党員の全国的な一斉大検挙が敢行された。ために、やっと動き出した大同団結も事実上は何もできずに自然消滅することになった。

むろん盛り上がりの勢いのあった左翼陣営は直ちに「全日本無産者芸術連盟」（ナップ）を結成し、雑誌「戦旗」を創刊した。これは、いわば当時の急進派の動きであったが、黒島伝治はこの段階ではそれに同調せず、旧来の文戦派（「文芸戦線」）にとどまった。そのために、以後しばしばナップ派からの批判を受けることにもなった。蔵原惟人の提唱した「プロレタリア・レアリズムへの道」、その「前衛の観点」を絶対とした急進派から見れば、革命運動への積極的な方向性を見せない、盛り込まない黒島伝治の小説は、階級的見地に欠けた手ぬるい人道主義に留まるものだとされたのである。

プロレタリア文学は、その一面は運動体につきものの派閥闘争、理論と方法の、いわばバトルの歴史であったが、そうした面にはあまりコミットしなかった黒島伝治も、このときばかりは耐え難い思いをしたのであろう、「悪意と、不純な意識が見えすいている『戦旗』一派の人々の批評は、その動機が不純なだけ、教えられもしなければ、くさされても気になりませんでした」と、これもアンケート回答だが、「正直な批評には」（昭和3年12月「新潮」）に書いている。先に見た「作家の信条」、その「自分のからだでぶつかって知り得たものを信ずること」といったような発言は、こうした観念ばかり先走って文学的な質において貧しかったプロレタリア文学内部への批判、警鐘、そういう要素が強かったに違いない。

＊

少しばかり回り道をしたが、こんなことから話を始めたのは、今度、黒島作品を集中して読んで改めて、これらは歴史的なプロレタリア文学という枠に捉われず、もっと広い時代の文学の上に置いて読まれるべきだなと、そしてその方がより黒島文学の真価を知ることになるだろうと、まず思ったからである。

たとえば、彼の出世作となった『二銭銅貨』（大正15年1月「文芸戦線」、原題は「銅貨二銭」）。これは、少し短いが二銭安かった独楽の紐を買い与えたために、その子が牛に踏み殺されて死んでしまう結果となったという事件を書いている。農民の、貧しさゆえに起こった悲劇で、その意味で紛れもない農民文学であり、またプロレタリア文学であることは言うまでもない。だが、この一編を、たとえば、たった二銭の金を惜しんだばかりにいとし子を失った愚かな母親の話だと要約してみたらどうだろうか。それはまるで、話の最後には必ず教訓的なオチの付く「今昔物語集」のなかの一編のように読めるではないか。そうした、言うならば説話的な性格が黒島小説の基本のところにあることを見落としてはならないだろう。そしてその性格は、素材であった当時の農民自身が持つ性格、古さ、素朴さ、愚かさに通じたものであるだろう。だが、芥川龍之介が「今昔物語集」や「宇治拾遺物語」の説話を近代心理小説に生まれ変わらせたように、黒島伝治も説話的な世界に生きる農民たちを、芥川小説にはなかった農民文学、プロレタリア文学のなかに生かしたのである。

健吉は、稲束を投げ棄てて急いで行って見ると、番をしていた藤二は、独楽の緒を片手に握ったまま、暗い牛屋の中に倒れている。頸がねじれて、頭が血に染っている。赤牛は、じいっと鞍を背負って子供を見守るように立っていた。竹骨の窓から夕日が、牛の眼球に映っていた。蠅が一ツ二ツ牛の傍でブンブン羽をならしてとんでいた。

兄が死んだ弟を発見した場面である。ここで、子供の死を伝える、そこまでは分かる。それがこの話の中心でもある。だが、それに続く場面、無心に立つ牛、牛の目球にも映った窓から射す夕日、飛ぶ蠅――どうしてこんな情景が描かれるのだろうか。

今度読み直しながら、一編の説話的な展開のなかにこんな、実存的とでも言いたいような情景が描かれていたことに気付いて私は驚いた。そうして、こういう一節、描写があることによって、説話的な教訓話が一挙に陰影の深い近代小説に、農民文学、プロレタリア文学という枠さえも越えて、人の運命とか、宿命とかと考えさせる近代小説に生まれ変わっていると知ったのである。

母親は後々まで、「あんな短い独楽の緒を買うてやらなんだらよかったのに！」、「あの時、角力を見にやったらよかったんじゃ!」と、次男のことを思い出すたびに嘆き、後悔の「涙を流す」と、話は結ばれている。その日は隣りの集落に田舎廻りの角力興行があって、村の子供たちの多くが見物に行ったのだが、母親は「うちらのような貧乏タレにゃ、そんなことはしとれゃせんのじゃ!」と言って、子供の願いを突っぱねてしまったのだった。独楽も角力も、男の子が夢中になる遊びを、母親ゆえに理解が及ばなかった、そういう面もあったかもしれない。農民文学、プロレタリア文学という枠を外してみれば、作品のふくんださまざまに人間的、歴史的時代的な影も浮かび上がってくるわけだ。

*

シベリアものを代表する一編『橇』(昭和2年9月「文芸戦線」)にはこんなエピソードがある。日本軍が、ロシア農民から徴発した橇を連ねて進軍するが、大隊長の不注意から敵軍のただ中へ踏み込んでしまい、しなくても済んだはずの戦闘を交えて、なくても済んだはずの犠牲者を出してしまったという話である。なぜそんなことになったのか。この大隊長はお気に入りのロシア娘のところに通っているが、昨夜、彼女の気を引こうと、受け取ったばかりの俸給から大金を与えてしまった。そのことを後悔して進軍の橇のなかでくよくよと思いに沈んでいたのである。

こんなところを読みつつ私は横光利一の『蠅』(大正12年5月)のことを思い出した。饅頭を食いながら馬車を走らせていた馭者が居眠りをして、そのために乗り合い馬車が乗客もろとも崖から転落してしまった話である。この馭者は毎日、その日一番に蒸し上がった饅頭を食べることにこだわりがあったのだ。つまり、きわめて個人的な瑣事が大きな事故を引き起こしてしまったという構図は『橇』の大隊長の場合とよく似ているのだ。

似ていると言えば、『蠅』は馬車も人も崖から転落してゆくが、そのとき馬の背にとまっていた一匹の蠅が悠々と飛び立っていったというのが一編の結末であった。そこは先に見た『二銭銅貨』の場面、子供の死体を前に、一、二匹の蠅が飛び回っていたという光景と何となく似ている。ともに人の命と蠅の命が対照されて、取りようによってはずいぶん虚無的な気分を促しているからだ。

といっても、私は黒島伝治が横光利一の影響を受けていると思っているわけではない。ありようは、文学としての思想や方法はそれぞれ違っても、それ以前にある人間自体への理解、認識、そうしたところに同時代人として共通するものがあったということであろう。この二人は、実は同年生まれなのだ。

皇帝ナポレオンは腹にタムシがあって、その痒みが昂ずると戦争を始めた（横光利一『ナポレオンと田虫』）などという見立て、人間解釈は、禅智内供は鼻が長すぎたために生涯他人の眼を気にしながら暮らした（芥川龍之介『鼻』）というような心理主義的人間解釈の時代を経て生まれたものだ。言い換えれば白樺派風な理想主義や、人間の統一的な人格などというものがもはや信じられなくなって、人間はみな瑣末な生理や心理に解消されてしまうのだ。二銭の小銭を惜しんだばかりに愛児を死なせてしまった哀れな母親の悲劇は先に見たとおりだが、『浮動する地価』の、土地を所有するということに執着するあまり地価の変動に振り回される農民の愚かで滑稽な悲喜劇なども、行動の原理としては『橇』の大隊長と変わりはない。それが黒島伝治たち、芥川龍之介以後の世代に課せられた人間認識なのだ。

ただ、こうした人間解釈が、横光利一の場合はやがて『機械』（昭和5年）や『紋章』（昭和9年）のような、心理や意識それ自体の独り歩き、人間性の崩壊喪失図にまで突き進むことになる。一方、黒島伝治は、正宗白鳥がいち早く認めたように、自然主義文学の伝統を一貫して手放さなかったことと、もう一つ、「社会主義」を承知していたゆえに、新感覚派が進んだような方向は取らなかったし、また信じなかった。地価の変動に踊らされるのは、「生命よりも土地が大事だ」と植え込まれて育った「百姓」だからであるが、一方、地価を操るのは鉄道会社や電灯会社という資本家だと、そういう近代社会の仕組みも承知していたからである。

黒島伝治と横光利一、この同年生まれの作家二人の、重なるところと別れるところ、その意味をわれわれはもっともっと学ばなければならないだろう。

＊

黒島伝治には、他の作家にはあまり例のない『軍隊日記』の一冊がある。大正八年一一月二〇日から、一〇年四月二二日までの、「除隊の日まで（軍隊一カ年間の日記）」と、続く大正一〇年五月一日から、病気のため兵役免除となった一一年七月一一日までの「星の下を」と題したシベリア日記である。黒島伝治二〇歳から二三歳にかけてのことになる。これらは除隊後に回想して書かれたものではなく、軍務中に密かに書き継がれたもので、この種のものとしては大変珍しい。それが実現できたのは彼の強い意志はもちろんだが、あわせて彼が看護兵（衛生兵）という、一般の兵士に比べればかなり自由の利く立場にいたために可能であったのだろう。ただし、彼には他に衛生兵としての軍務に関することだけを記した手帳もあって、公務のうちであるこの手帳へ書くことが、もう一つの日記へのカモフラージュになっていたかもしれない。というのは、日記は文字通り青春の日記、さらに反軍的な日記であって、当時の軍隊は後の太平洋戦争時代よりはまだ緩やかな面があったとはいえ、見つかれば到底許されるようなものではないからである。

　書かれていることは周囲への批評、嫌悪、上官への批判、怒り、軍隊の不合理な制度や組織への怨嗟や絶望、そしてその間には自身の現状への焦燥、文学への渇望や省察、詩がありアフォリズムがあり、啄木日記のようなローマ字書きの部分もある等々といった具合である。ここには黒島伝治の青春の凝縮があり、その魂の叫びがあると言ってよいであろう。

　だが、そんなふうに読み進めて行くと、日記の最後に至って突然、こんな一節が現れる。

壺井兄に、

自分は、近いうちに、シベリアへ行く、生きて帰れるか、帰れないか分らぬ、死んだならば、必ずこの日記を世の中に出してくれ、僕の一生に於て、現世に残して行く、おくりものはこの一篇だけだ、この日記ものの足りないものだ。が、僕の心の一部だけは、表わしている。時々、字がまちがったり、文句がへんになっているところがある。が、そんなところをなおすまがない。

さらば我れを知りてくれし人々よ！

繁治兄よ、松蔵兄よ、

梅渓氏よ！

なすこと少なくして、吾れは、遥か北なる、亜港の地に行くぞ！

日記「除隊の日まで」はここで突然終わる。

二年間の兵役もあと残すところ「二百十日あまり」となったところで突然シベリア行き

が決まったのだが、そのショックがこの、一種の文学的遺書である「壺井兄に」となったわけだ。このあたりの事情を少し補足しておこう。

黒島伝治は大正三年、一五歳で島の「内海実業補習学校」を卒業して船山醬油株式会社に醸造工として就職した。そのまま行けば、おそらくは実業学校出として将来は幹部社員になったのではないだろうか。ところが、仕事が性に合わないと一年足らずで辞めてしまう。戎居士郎作成の年譜には、「軽い肋膜炎をわずらっていたらしい」とあるが、宿痾となった結核が始まっていたのかもしれない。しかし、辞めた理由の決定的なところには、性に合わない工場勤めをしてみて、改めて自分の文学志望をはっきりと自覚した、そんな事情があったのではないだろうか。退職後は文学書の乱読や、講義録を取り寄せての勉強、また雑誌への投稿や小説の習作も始まっている。そうして大正六年、一八歳で上京、働きながらアテネ・フランセに通い、間に読書と習作という文学独習生活を始めた。そうしたなかで偶然、早稲田大学の学生だった同郷の壺井繁治に会い、彼の奨めで早稲田大学高等予科英文学科の第二種（選科）生となった。しかし間もなく徴兵検査があり甲種合格、そのまま姫路歩兵第一〇連隊に送られて衛生兵となった。折角の早稲田入学だったが、選科生には徴兵猶予の特典がなかったのだという。

こうして黒島伝治の文学修業は中断されてしまうが、しかしこのときはまだ、口惜しく思いながらも、これは一時的な中断で、兵役が終わって帰還すればまたもとの生活に戻れるつもりでいたらしい。ところが、その兵役もあと「二百十日あまりで除隊になるところまで漕ぎつけて来た」と思っていたところへ、突然のシベリア派兵という命令だった。極寒の地の、しかも最前線である。まずは死を考えないわけには行かなかったであろう。そして、このまま死ぬのだとすれば、我が生涯とはいったい何だったのか、と二二歳の文学青年は考えたに違いない。そのとき彼には、これが自分だと言えるものは、今書いている一冊の軍隊日記だけだった。「死んだならば、必ずこの日記を世の中に出してくれ、僕の一生に於て、現世に残して行く、おくりものはこの一篇だけだ」と。

こんな覚悟をもって黒島伝治はシベリアに出征したのだが、幸いにもそこでは死なずに済んだ。「日記」は深く筐底に沈められて彼の生前には「世の中に出」ることはなかった。生きて帰れたのだからそれでよいわけだが、遺書の宛先であった壺井繁治がこの日記の存在を知ったのは黒島伝治の没後一〇年も経った戦後になってからだった。遺稿のことで小豆島の未亡人を訪ねて初めて日記を見せられた。そして驚いた彼の尽力によって『軍隊日記』（理論社）として刊行されたのは昭和三〇年一月になってからだった。

黒島伝治はシベリアでは死ななかった。では、難なく生還して難なく文学生活に戻ったのだろうか。死にはしなかったが、大正一一年三月、かの地で結核を発病、陸軍病院を幾つも転々とした果てに病院船で帰還、やっと兵役免除となったのは七月だった。死にはしなかったが、文字通り死に直面してきたわけである。

その後は故郷小豆島で療養、次第に体力をつけて習作を再開、短編小説を書きためて大正一四年に再度、今度は既にアナーキズム系詩人として活動を始めていた壺井繁治を頼って上京した。そして彼の助力、推挽で同人雑誌「潮流」に『電報』（大正14年7月）を発表、それが処女作となった。幸い好評を得て以後次々に小説を発表、プロレタリア作家黒島伝治が誕生したのは知られるとおりである。

このシベリア体験を経た後の黒島伝治が、「入営前の小説や『軍隊日記』での（文学）論にくらべて、まさに文学的に急速に成長してきている」と、小田切秀雄は全集第三巻の「解説」で書いている。まことに皮肉なことではあるが、シベリア体験という不幸が黒島伝治を人間的に、従って文学的にも鍛えたのだ。この解説の初めに紹介した「作家の信条」、「なにものよりも、自分のからだでぶつかって知り得たものを信ずること。自分の眼で見、耳できいたものでもよい。他人の説よりも、それを信じること」という信念も、こうした、一度は死の淵まで行った人の覚悟から生まれた「信条」だったに違いない。

年譜

黒島伝治

一八九八年（明治三一年）

十二月十二日、香川県小豆郡苗羽《のうま》村（現在の小豆島町）大字苗羽甲二三〇一番地（通称芦ノ浦）に、父、黒島兼吉、母、キクの長男として生れた。当時黒島家は畑五反、山二町を持つ自作農であった。父の兼吉は鰯網の株を持っていて、鰯の時期には網引きにも出た（伝治が十四、五歳の頃に、父は丸金醤油株式会社に勤めるようになった）。等級割（税金）は十カ余り（十カが一戸前）であった。決して豊かではなかったが、生活は安定していた。実に地味でよく働く堅実な家柄で、小金もためていた。伝治の生れる十年ばかり前には貸した金がもとで、放火された。積み上げた砂糖きびの搾りかすにつけられた火は隣家を全焼させた。幸いにして、彼の家は難をのがれたが、そのどさくさに証文の入った手箱が盗みだされ、竹やぶに捨てられていたという。

一九〇二年（明治三五年）　四歳

一月二日、弟、早太が生れた。

一九〇五年（明治三八年）　七歳

四月、苗羽小学校に入学した。無口でおとなしい性格で、親しい友もほとんどなかった。この内向的な性格が少しずつ彼を文学に近づけていった。成績は四、五番であった。島では小学生の子供も農業の手伝いにかり出されるが、畑や、山へ行く道中や、仕事の合間にも、よく本を読んでいるのを見かけたという。九月二十三日、弟、光治が生れた。

一九一一年（明治四四年）　一三歳

三月、苗羽小学校を卒業し、四月、五カ村組合立内海実業補習学校（三年制の中学に当たる）へ入学した（入学当時の生徒数六十一名）。成績は常に一、二を争っていた。一学年上に壺井繁治がいたが、のちに彼は大阪の中学に転校した。当時小学校を卒業する者のうち、大部分は醬油会社などで働き、一部のものは実業補習学校に、ごく限られた分限者の子弟だけが島外の中学校に進んでいた。この頃、早稲田大学を卒業した二人の教師が、オベコベ（女の子のするお手玉みたいなもの）をしている生徒に男らしい遊びとして野球を教えたが、彼は教室から見ているだけで決してやろうとはしなかった。長身、猫背で、学業に秀でていたが、それ以外での存在はほとんど認められていなかった。九月二日、妹、米子が生れた。

一九一三年（大正二年）　一五歳

師範学校を受験したが失敗した。

一九一四年（大正三年）　一六歳

三月、内海実業補習学校を卒業し（卒業時の生徒数十七名）、船山組に醬油醸造工として入社した。

一九一五年（大正四年）　一七歳

船山組を健康上の気づかい（軽い肋膜炎をわずらっていたらしい）もあったが、性に合わないということで、一年ばかりで退職した。ぶらぶらしながら、この頃から講義録、雑誌などを取り寄せ、文学修業を始めた。七月二十一日、妹、ツヤ子が生れた。

一九一六年（大正五年）　一八歳

日本、世界の名作を手あたり次第に読み、法華経やスヴェーデンボリの作品にまで及んだ。また、習作にも励み、詩や散文を雑誌に投稿していた。

一九一七年（大正六年）一九歳

壺井栄の「今日の人」（「新日本文学」昭和二十九年一月号）によれば十九歳頃のものとして、「青テーブル」という小雑誌の短歌欄で黒島通夫という伝治のペンネームを見たとある。歿後に発見された、当時のものと思われる「巡礼」と題した原稿にもこの署名がある。「添削巻七枚」と書き添えてあるこの原稿紙には、早稲田文学の印がはいっていて、添削者らしい星湖（中村？）の歌が一首添えてある。また彼の切り抜いた雑誌（雑誌名不明）の投書欄「読者文芸」に、同じペンネームで「さびしいみなと」という一文が載っている。この頃、隣村の岩井栄（壺井）の友人で、当時、大阪の難波病院で看護婦をしていた岡部小咲と親しくなった（彼女は短歌に特別な情熱を注ぐ文学少女で、小説も書いていた）。やがて肋膜を患って帰島した彼女と頻繁にゆききした。病気の小咲と自分をモデルにして、この頃書いたと思われる「呪われし者より（K姉に）」（黒島通夫・百四十六枚まで以下散逸）が残っている。四月頃、上京し、三河島の建物会社に勤めながら小説を書いた。当時早稲田文学社主催の定期文芸講座が、神楽坂の芸術倶楽部で開かれていた。中村星湖の講演のあった夜、その倶楽部で、早稲田大学英文科の予科の学生であった同じ村の壺井繁治に出会い、以後、親しく往来した。

一九一八年（大正七年）二〇歳

建物会社をやめ、神田の暁声社（養鶏雑誌社）の編集記者となった。小石川小日向台町に下宿し、アテネ・フランセに通いフランス語を学んだ。当時、トルストイ、ドストイェフスキー、チェホフ、島崎藤村、正宗白鳥、志賀直哉らに深く傾倒した。黒島通夫と署名した「す、り泣き」(五月十九日の日付あり)が残っている。
一九一九年(大正八年)二一歳
春、早稲田大学高等予科英文学科へ第二種生として入学した。これには理工科の学生が伝治の替え玉で受験したという裏ばなしがある。五月二十日、伝治を理解した「唯一の友」岡部小咲が肺結核で世を去り、彼を嘆かせた。徴兵検査を受け、甲種合格となった。第二種生は正規の中学課程を経ず、特定の試験で入学しているため徴兵猶予が認められず、召集され、十一月二十日、東京を去った。この日より『軍隊日記』(大正十一年七月に至る、昭和三十年一月理論社刊)が書き始められた。十二月一日、姫路歩兵第十連隊に入営、衛生兵となった。衛生兵として受けた教育内容等を中心とした手帳が残っている。
一九二〇年(大正九年)二二歳
シベリア出兵を憤り、大学での勉学や、文学への願いが断ち切られたことを嘆いて一年を送った。『軍隊日記』によると「一生の中に於て最も大切な時期」を浪費させる軍隊生活を呪い、その制度に激しく抗議している。また、一方、その中で歪められ、卑屈になり、エゴイスチックになった人間たちにも激しい批判のことばを浴びせている。
一九二一年(大正一〇年)二三歳
四月、内海実業補習学校に通っていた弟、光治、香川県立大川中学校へ編入学(十月十八日付のシベリアから父にあてた手紙で「家計困難の中よりと雖も、光治だけは否早太も、私の轍を踏み兵営で苦るしむが如きことなき様特に中学だけは卒業させてやる様御尽力被下度候」と書き送っている)。除隊まで、二百十余日をあましてシベリア派遣となり、五月一日、姫路を発ち、ウラジオストクへ向かった。シベリアではラズドリーエ陸軍病院に衛生兵として勤務した。そこでロシア語を学んだ。

一九二二年（大正一一年）二四歳

三月二十五日、肺尖炎の疑いで入院し、ニコリスク陸軍病院に転送された。のち、ウラジオストクから病院船で広島へ帰り、広島衛戍病院に収容された。五月八日に姫路衛戍病院に転送され、七月十一日、兵役免除となった。郷里小豆島で療養生活に入り、再び創作の筆をとった。この頃から傷病恩給を月額四十円支給され晩年に及ぶ。十月二十九日付の小説原稿の後半部と、十一月作と記した戯曲「鼠捕り」（四幕）、「扉」が発見されている。

一九二三年（大正一二年）二五歳

三月、小説「電報」、「窃む女」、六月、「創作ノオト」（戦後『軍隊日記』の中に収められ発表された）を書いた。弟光治にあてた葉書によれば、前記の作品を携えて、九月に上京する予定であった。しかし、関東大震災のため荷造りまでしていたが断念した。そして震災後帰島した壺井繁治にまず「東京の文壇は、どうなったか」とたずねて、壺井を驚ろかせた。彼自身も九月九日の弟にあてた葉書で「これから大いに不景気になるが、とにかく、出版物機関が復旧すれば上京して差支ない。実際の状況は、新聞では分らぬ、早く復旧すれば明春くらい上京出来ると思う」とそのすさまじいまでの執念を示している。この頃高等師範学校進学をひかえた弟、光治に頻繁に便りして激励し、恩給の中から度々送金している。健康、勤勉に加えて節倹を説いた便りの中には、書き損じた葉書一面に墨をぬり、その上に鉛筆で書いたものが何枚かある（歿後発見されたノートの切れ端にも「葉書」という一文があって、「一銭五厘の葉書、これでも、友に、俺の心を伝えるに十分な働きをする葉書だ、金がなくなって、葉書も買えなくなると書き汚した葉書を水に浸してインクを洗い落す、けち臭いと云うかもしれんが、これでも一銭五厘儲けたことになるんだ。一枚洗ってしまうと、もっと書き汚しはないかと、俺は机の抽出を探しまわる」と書かれている)。十二月、「砂糖泥棒」、「まかないの棒」、「田舎娘」を書いた。

一九二四年(大正一三年)二六歳

十月、「田園挽歌」、十一月、「崖の上」を書いた。十一月十三日、苗羽村の馬木という集落で粉ひきの手伝いをしていた少年が、牛に踏みつぶされて死亡した。これがのちに「銅貨二銭」のモデルとなった。

一九二五年(大正一四年)二七歳

二月、「路傍の草」(「草にころぶ」として「文芸戦線」昭和三年六月号に発表された)を書いた。四月、弟光治、東京高等師範学校に入学(のちにこの弟は、東京文理科大学へ進んだ)、その後も、物心両面の援助を惜しまなかった。五月、「粟を食う牝牛」を書いた。初夏の頃、数篇の短篇小説を携えて二度目の上京をし、世田谷太子堂の壺井繁治の家に寄宿した。六月二十六日、同郷の石井トキエと結婚した。川合仁を中心に壺井繁治、坪田譲治、川崎長太郎、大木直太郎らが出していた同人雑誌「潮流」七月号(第一巻第三号)に「電報」を発表し、好評をうけた。そして同誌の同人となった。「潮流」九月号に「まかないの棒」を発表。九月、「銅貨二銭」、「老夫婦」を書き、「潮流」十月号(第一巻第五号)に最初の反戦小説「結核病室」(のちに単行本『パルチザン・ウォルコフ』に「隔離室」と改題、収録)を発表した。十月、「半鐘」、「俎板と擂古木」を、十一月、「村の網元」、「ある娘ある親」(のちに「ある娘の記」と改題)、「農夫の子」(のちに「農夫の鞭」として「文芸戦線」昭和三年一月号に発表)を書いた。「東方之星」十一月号に「「紋」」を掲載。この暮、居候していた壺井のもとを出て、池袋(立教大学の近く)に転宅した(壺井はその自伝『激流の魚』で、堅実で「生活上用心深かった黒島は」アナーキストの出入も多い「わたしたちから貧乏のとばっちりを食うのを恐れたのか」引っ越し、「文芸戦線」の同人に推薦されたころ（大正十五年十一月）には、「まるっきり疎縁となった」と書いている）。十二月、雑誌「文芸戦線」をはじめとして、「解放」、「戦闘文芸」、「文党」、「原始」、「文芸市場」等の同人が大同団結して日本プロレタリア文芸連盟を結成した。

一九二六年（大正一五年・昭和元年）　二八歳

壺井の紹介で山田清三郎に持ち込まれた「銅貨二銭」が「文芸戦線」一月号に発表され、好評を受けた。「地方」六月号に「村の網元」を発表。七月、「盂蘭盆前後」を書く。八月、「踏み台」を「文芸戦線」に、「考えが変るかもしれない」を「戦車」に、「彼の負傷」（のちに「栗本の負傷」と改題）を「解放」九月号にそれぞれ発表した。十月号の「文芸市場」には「農民文学漫筆」を発表。十月、「春の一円札事件」、「豚群」を書き、「豚群」は「文芸戦線」十一月号に発表した。十一月、日本プロレタリア文芸連盟は、日本プロレタリア芸術連盟（プロ芸）と改称され、プロレタリア文学運動における共同戦線の統一組織からマルクス主義芸術団体となり、「文芸戦線」からも反マルクス主義者が脱退した。同月、伝治は小堀甚二、千田是也らとともに「文芸戦線」の同人となった。「本をたずねて」を十一月、「リャーリャとマルーシャ」を十二月に書いた。「文芸市場」十二月号に「砂糖泥棒」を発表した。

一九二七年（昭和二年）　二九歳

「小豆島にて」を「文芸戦線」一月号に、二月に書いた「彼等の一生」を「文芸戦線」三月号に発表。三月、「雪のシベリア」を書き、「戦争について」を「文芸戦線」四月号に、「春の一円札事件」を「解放」四月号に発表。四月に書いた「脚を折られた男」と詩「五月祭の農民」を「文芸戦線」五月号に発表した。六月、青野季吉、葉山嘉樹、蔵原惟人、林房雄、小堀甚二らと日本プロレタリア芸術連盟を脱退し、労農芸術家連盟（労芸）の創立に参加した。この時、「文芸戦線」は同人組織を解散して「労芸」の機関誌となった。七月、「幼時」、「橇」を書き、「橇」を「文芸戦線」九月号に発表。「本をたずねて」を「文章倶楽部」九月号に発表した。前年の秋、犬田卯、中村星湖、和田伝、中山義秀、鑓田研一らと結成した「農民文芸会」が、十月より機関誌「農民」を創刊した。十月七日、「東京朝日」に「シベリアにて」（のちに加筆して「穴」となる）を掲載した。十月中旬、春陽堂より文壇新人叢書の一冊として、『豚群』（「豚群」「電報」「二銭銅貨」「雪のシベリア」「村の網元」「脚を折られた男」「俎板と擂古木」「本をたずねて」を収録）を処女出版した（その一冊を、正宗白鳥に贈り、白鳥は同年十二月五日の読売新聞でそれを評して「この作者は理屈を弄せず感傷語を発せず素朴な筆で平明にある事象を書いている。『脚を折られた男』は私の読んだ中で最もいいものだと思った。しかしこのくらいまでのところなら、私などが以前書いた田舎小説とそう違いはないように思われる。作家としてかなりいい素質を持っているらしい新人黒島氏はこれから進んで、もっと広くもっと深くなるように心掛けねばなるまい」と書いている）。十月、「渦巻ける烏の群」を書いた。「選挙漫談」を「文芸戦線」十一月号に発表。十一月、労農芸術家連盟が分裂して、新しく前衛芸術家同盟（前芸）が結成されたが、そのまま労農芸術家連盟に留まった。同月、「若い妻」を書き、「文芸戦線」十二月号には「入営前後」を掲載した。

一九二八年（昭和三年）　三〇歳

野田争議（昭和二年九月十六日以来、二百十七日間続いた野田醬油における大争議で、七百人の失職者を出して終った）に強い関心を示し、新聞の切抜きを多数残している。「文芸戦線」一月号に「農夫の鞭」、「自由評論」一月号に「崖の上」をそれぞれ発表した。この頃、改造社に持ち込まれた「渦巻ける烏の群」はいち早く、山本実彦社長の炯眼にふれ、彼の一存で、直ちに「改造」二月号に掲載された（上林暁の「伏字」による）。鶴田知也と共同執筆の「野田争議の実状」を「文芸戦線」二月号に、「髪を摑んで」を「文章倶楽部」二月号の「文壇新人録(2)―後継文壇諸家一人一話録―」に掲載した。二月八日、妻トキエと協議離婚（この離婚は伝治の思想的立場を理解できなかった妻が、神経衰弱にかかり、自分の一族にわざわいがかかるのを恐れて、妻の方から申し出たといわれている）。三・一五事件（昭和三年三月十五日の共産党大検挙）を背景にして、プロ芸と前芸は合同して全日本無産者芸術連盟（ナップ）を結成し、機関誌「戦旗」を発刊した。「文芸戦線」四月号に書評「壁新聞（シンクレーア『地獄』前田河広一郎訳）」を発表し、同月、「その手」を書いた。「新潮」五月号に「田舎娘」を、「文章倶楽部」五月号に「脚の傷」、「文芸戦線」五月号に「穴」を、それぞれ発表。五月、南宋書院出版の『戦争に対する戦争』（日本左翼文芸家総連合編）に「橇」が収録された。「文芸戦線」六月号に「草にころぶ」を、五月に書いた「氾濫」を「改造」七月号に発表した。「文芸戦線」八月号に「葉山嘉樹の芸術」、「その頃の日記」（『軍隊日記』の一部）を発表、八月、改造社より単行本『橇』（「渦巻ける烏の群」「橇」「脚を折られた男」「雪のシベリア」「彼等の一生」「豚群」「春の一円札事件」「孟蘭盆前後」「農夫の子」

「ある娘ある親」「村の網元」「俎板と擂古木」「半鐘」「老夫婦」「二銭銅貨」「粟を食う牝牛」「路傍の草」「崖の上」「田園挽歌」「まかないの棒」「砂糖泥棒」「窃む女」「電報」を収録）を出版した。九月「パルチザン・ウォルコフ」を書き、これを「文芸戦線」十月号に、平林たい子短篇集『施療室にて』の評を「文芸戦線」十一月号に発表した。十一月、「氷河」、「砂金」を書いた。「新潮」十二月号に〝私が本年発表した創作に就いて〟の感想として「正直な批評には」を掲載した。

一九二九年（昭和四年）　三一歳

「中央公論」一月号に「氷河」、「近代感情」一月号に「捕虜の足」、「文芸戦線」一月号に「崖下の家」（未完の作品で末尾に「四年ばかり前のものだが、よみ返して、ちょい〳〵筆を入れつゝ続けたいと思っている」という付記あり）をそれぞれ発表した。この頃、杉野コユキと再婚した。「文章倶楽部」三月号に「私の一日」を掲載、「野田争議の敗戦まで」を「文芸戦線」四月号に掲載。四月、妹米子を上京させ、洋裁学校に通わせた。以後二年間その面倒をみた。その頃は、府下中野町三五一二に住んでいた。「題を××にした小説」（のちに「済南」と改題し、単行本『パルチザン・ウォルコフ』に収録）を「文芸戦線」五月特輯号に発表、「文学時代」五月創刊号に「私の十年前の回顧・十年後の予想」を掲載。「文芸戦線」六月号に「武器」を発表、「文学時代」六月号に「自画像」を発表。七月出版の『プロレタリア芸術教程』第一輯（世界社）に「反戦文学論」が、同月、平凡社刊の『新興文学全集　日本篇』に『黒島伝治集』（「電報」「二銭銅貨」「豚群」「雪のシベリア」「橇」「氾濫」「自伝」を収録）が収められた。八月、「黒奴の五郎右衛門」を書いた。「文芸戦線」九月号の「われ等はモダニズムを斬く見る」という欄に「ダンス」を掲載。

「新潮」九月号に「有形無形の犠牲—文芸雑誌の過去・現在・未来に就いて—」を掲載。

この頃、杉並町高円寺四九三に住んだ。十一月「文学時代」の「諸家近況」によれば「気候のせいか、此頃、又、少しずつ熱が出ます」と体の不調をうったえている。晩秋、済南事件（昭和三年五月、蔣介石の第二次北伐を機会に、居留民保護の口実で、第二次山東出兵を断行した旧日本軍が済南を占領した事件）調査のため済南、天津、奉天を旅行した（「文学時代」十二月号の「来年は何をするか」のアンケートに「済南の方に行って、今天津を経て奉天にきています」とあり、同誌昭和五年新年号に於ても「一昨日からハルピンに来ています。（中略）松花江はもう結氷しかけています。金があるだけ長くここにいるつもりです」という通信が「文壇ニュウス」に載っている）。「文芸戦線」十月号に「材料について」、「文学時代」十月特輯号に「蚊帳と偽札」を発表。「文芸戦線」十一月号に「土鼠と落盤」（十月に脱稿）、「文学時代」十一月号のアンケート「日本の文壇に於ける——明治大正期の天才—又は天才に近かった人々——」に答う。「中央公論」十二月号に「海の第十一工場」をそれぞれ発表した。

一九三〇年（昭和五年）　三二歳

一月、日本評論社より日本プロレタリア傑作選集の一冊として『氷河』（「氷河」「春の一円札事件」「海の第十一工場」「氾濫」「渦巻ける烏の群」を収録）、三月、天人社より現代暴露文学選集の一冊として、『パルチザン・ウォルコフ』（「パルチザン・ウォルコフ」「砂金」「済南」「穴」「隔離室」「脚の傷」「雪のシベリア」を収録）をそれぞれ刊行。しかし、発禁になり、後者は「パルチザン・ウォルコフ」を「彼等の一生」にさしかえ、『雪のシベリア』と改題して六月に再刊された。「文学風景」五月創刊号に「愛読した本と作家から」を掲載、五月、プロレタリア前衛小説戯曲新選集の一冊として『秋の洪水』（「二銭銅貨」「土鼠と落盤」「蚊帳と偽札」「田舎娘」「秋の洪水」を収録）を塩川書房より刊行。六月、四月作の「鍬と鎌の五月」を白楊社発行「プロレタリア文学」創刊号に、五月に書いた「浮動する地価」を「経済往来」六月号に、おなじく五月脱稿の「飯と農村」を「サンデー毎日」六月十日夏季特集号に掲載。六月十日に書いた「彼女は考えた」という原稿が残っている。七月、新鋭文学叢書の一冊として『浮動する地価』（「浮動する地価」「黒奴の五郎右衛門」「脚の傷」「幼時」「栗本の負傷」「土鼠と落盤」「本をたずねて」「若い妻」「穴」「リャーリャとマルーシャ」を収録）を改造社より刊行。同月に書いた「醬油工場にて」を「新潮」八月号に発表。八月、房州に遊び、「要塞地帯」（「文学時代」十月号）で報告しているように「海女」（八月脱稿、「文学時代」十月号に発表）の素材を得た。九月十九日、長女耀子、杉並区高円寺で生れた。十月、春陽堂『世界大都会尖端ジャズ文学』に「お化け煙突」を収録。十一月、長篇小説『武装せる市街』を日本評論社より刊行、ただちに発禁となった（昭和五年八月四日の日付印の入った、朱書校正のゲラで「武器をもつ市街」を「武装せる市街」に改題している）。「武装せる市街」を書くころから、それまでの反戦作品には見られない、前衛的・革命的な姿勢を作品の表面に出すようになったが、当時、政治的に反共の立場を強くしていた「労芸」に不満を抱き、十一月、伊藤貞助、今野大力、山内謙吾らと「労芸」を脱退し、「文戦打倒同盟」を結成した。そして機関誌「プロレタリア」を発刊したが、十二月号、翌年一月号を出しただけで解散した。その後、ナップ所属の日本プロレタリア作家同盟へ参加、のち中央委員となった。十一月、「腹の胼胝」を書き、「兵匪」を

「改造」十二月号に、「彼等の偽瞞の面皮を引剝ごう」を「プロレタリア」十二月創刊号にそれぞれ発表した。この年に書いたと思われる「支那見聞記」が残っている。

一九三一年（昭和六年）　三三歳

「戦旗」一月号に「入営する青年たちは何をなすべきか」を、「プロレタリア」一月号に「我々は新段階へ進まねばならぬ」を、「文学風景」一月号に「僕の文学的経歴」をそれぞれ掲載。「戦旗」二月号に「国境」（一月脱稿）を発表。二月、「電車について」を書いた。三月、日本プロレタリア作家同盟に農民文学研究会を作った。四月二十二・二十三・二十四日の「東京朝日」に、「農民文学の問題①②③」を連載。五月、「鮮人たち」を書き、「読売新聞」六月三・四・五日にわたって「農民文学の正しき発展のために―（ナップ派より「農民」派への駁論）―」を掲載した。六月、「北方の鉄路」を書き、「前線」六月号に「親分子分グループの行方」を発表。七月、「棘のある籬根」を書き「新潮」八月号に発表した。「文学時代」八月号に「北方の鉄路」を発表。新聞「戦旗」十一月七日、ロシア革命記念特別号に「奉天市街を歩く」を、「文学新聞」十一月十日に「防備隊」を掲載。十一月、新潮社刊行、日本プロレタリア作家同盟農民文学研究会編『農民の旗』に、「若草」に発表した「農民文学の発展」が収録された。「新潮」十二月号に「坊主と犬」を発表。

一九三二年（昭和七年）　三四歳

日本プロレタリア作家同盟の機関誌「プロレタリア文学」二月号に「前哨」を発表。二月四・五・六日の「東京新聞」に「『聞く文学』聞かせる文学』」を掲載、「文学新聞」二月五日に小説「チチハルまで」を書いた。「大衆の友」三月号に「名勝地帯」を発表。「プロレタリア文学」四月号に掲載の宮本顕治の「プロレタリア文学における立ち遅れと退却の克服へ」で、徳永直の「未組織工場」、「ファッショ」とともに、伝治の「前哨」が「立ち遅れ」として批判された。三月、木星社書院より刊行の『明治文学講座四』に「明治の戦争文学」を寄稿。

一九三三年（昭和八年）　三五歳

早春の頃（当時中野区野方町上高田八七に住んでいた）百貨店で喀血。感染を恐れて長女耀子を、文京区小石川に住んでいた弟の光治夫婦に預けた。二月二十日、小林多喜二が虐殺され、ただちに各誌が特集号を出した。四月、伝治は多喜二の死について寄稿を求められたらしくその原稿の書き出しが一枚残っている。「同志小林多喜二の死に関して、感想を書いて送れとのことであるが、四月にまた喀血して、私はいまだ病床にある。恐ろしい今年の気候不時は、意地悪るく病軀をして起たしめない。監獄に居る者は、まだ〳〵困っていることだろう。先日の小林追悼号は仰臥して見た。それぞれに面白く、そして全体としては、非常に物足りない感じが強かった。短い感想に、多くの人達が、それぞれの接触面から故人を語ることは、それが真実味を持っているとき全く面白いものであるが、しかしそれでは、同志小林が愛用した形容詞『二つの空豆』の如くよく似よっているものだ。そして、一冊の小林追悼号に、一篇の四ツに組んだ小林多喜二論さえないことは、」（以下散逸、不明、おそらく雑誌に掲載されるまでには至らなかったと思われる）。この不満からその後書かれたらしい「小林多喜二の芸術の基調」という七枚の作品も残っている。「ナップ」への不満から「文化集団」（六月創刊）へ移った。「文化集団」七月号に「作家と模倣」を掲載。夏、病気療養のため帰島した。病気の回復を待って、やがて上京する計画であったのだろうか、家具などは弟光治に預けていた。帰島した彼は、母屋に父母と弟早太の家族が住んでいたので、離れに落ち着いた。

一九三四年（昭和九年）　三六歳

「文化集団」一月号に「近況」（長谷川進・秀島武宛手紙）を書いた（それによると昭和八年八月十八日以来七十日間喀血しつづけたという）。「文化集団」二月号に「感想」を掲載。病気の経過がはかばかしくないために上京を断念したのだろうか、七月に十九坪ほどの家を建て（苗羽村大字苗羽甲二三三四番地）東京の荷物を引き取っている（四月三日付の引っ越し荷物の送り状が残っている）。原稿のよく売れていた時代から、酒もたばこもほとんどのまず、人づき合いも少なく、地味で堅実な生活を続けた彼は、この家もほとんど自力で建てた。きびしい闘病生活ではあったが、なんといっても自給自足のできる田舎のこと、傷痍軍人としての恩給、その他の恩典で、一応普通の生活ができたようである。七月七日、東京区裁判所で、新聞紙法違反罪により禁錮二カ月、罰金二十円、執行猶予四年の判決を受けた。その「刑執行猶予告知書」が残っている。九月二十一日に室戸台風が襲来し、伝治の家にも大きな被害を与えた。この台風で下駄船が沈み、彼の集落にたくさんの下駄が流れついた。村人は先を争って下駄を拾い集めた。それを見ていた伝治がふと口にした「これがほんまの二足三文じゃ」のひとことは、無愛想な彼が村人に放った唯一のユーモアとしてよく記憶されている。

一九三五年（昭和一〇年）　三七歳

「文芸」三月号に「血縁」を発表、三月十三日、長男一実誕生。後に川那辺光一（晩年、氏との文通がもっとも多かったと長女は回想している）にあてた手紙（昭和十一年一月十日付）によると、六月から病臥、以後一年余、寝たままの養生をつづけたようである。

「文学案内」七月号に「白鳥と藤村」を発表。六月、親しかった今野大力の死に接し、「今野大力の思い出」を書き「文学評論」八月号に発表。「文芸」八月号には「海賊と遍路」を掲載した。

一九三六年（昭和一一年）三八歳

この頃、自宅前の野原で山羊を飼い始めた。この山羊は昭和十七年まで生き、その間よく子を生み、よく乳を出し、すでに飼っていた鶏とともに貴重な栄養源として大いに役立った。新年早々、川那辺に「僕は今年一ぱい専心からだをよくするつもりです」と書き送った伝治は、五月五日付の手紙でも「僕は相かわらず仰臥をつづけています。今年いっぱいねていなければならない有様です。健康を取り戻せば書けるという感じはしています」と報じている。その間、二十年も前に読んだ「カラマーゾフの兄弟」など、いろいろの大作を再読している。「文学案内」十二月号に「私の最も印象深かった今年の作品」を掲載した。

一九三七年（昭和一二年）三九歳

当時中央で唯一つ残っていた進歩的な文学雑誌「文学案内」の休刊（昭和十二年四月）を惜しみ、「文学は、戦争中は、休業のほかないでしょう」（川那辺宛九月三十日付の手紙）と、その感想をもらしている。九月十五日の「早稲田大学新聞」に「田舎から東京を見る」を掲載し、反動の流れの中で、変質してゆくプロレタリア文学を批判しつつ、田舎にうもれていく淋しさを告白している。

一九三八年（昭和一三年）四〇歳

川那辺への手紙（六月二十五日付）で、「この辺の田舎の人間は、なか〳〵露骨で、薄情で、そういうところに住んでいると、いろ〳〵人間の真実について、却ってよく教えられる点が多く、これから書こうとする創作もおのずと変ってくるだろうと思います。東京の連中の様子は分りませんが、いま、新らしいものが生まれる前の混乱と、停頓と、陣痛の時期でないかと察しられます」と田舎の生活を通しての感想を述べている。

一九三九年（昭和一四年）四一歳

二月十二日、苗羽村の八幡神社で、四十二歳の厄落しが催された。日頃、人前に出ることを極度にきらっていた伝治だが、これに参加した。このニュースを知った中野重治が、土地の百姓や漁師にまじって、一ぱい飲みながら厄払いをしている猫背の文士、黒島伝治のほほえましい姿を想像して「都新聞」（五月三日）の「春三題㈠」に書いている。六月二十日頃、岡山県都窪郡早島町にある傷痍軍人療養所にはいった。レントゲン撮影の結果「だいぶよくなって、かたまりかけている。専心療養すれば、まもなくよくなるだろう」と妻に葉書を出している。しかし、この入院がかえってよくなかったようである。後日、川那辺にあてた葉書（十二月二十日付）でも、「去る七月、療養所で悪くなって、いろ〳〵な関係で十分な療養できないので」と書き送っているが、おそらく思うような治療が受けられなかったのだろう。八月十九日、自宅に帰った。その後も容態すぐれず、同じ葉書の中で次のように書き添えている。「約五カ月、不書、不読、不語、不考、不焦慮の長い日を送っていましたが、この頃やっと古い雑誌を仰臥読書器にくくりつけてよみはじめたくらいです」。十一月三十日、父、兼吉死亡（七十四歳）。

一九四〇年（昭和一五年）四二歳

一月一日、二女、知子誕生。この頃はからだの具合もよかったのか、療養所で読んだ「日本造庭法」の知識をもとに庭づくりをはじめた。妻子に手伝わせて根まわしした木を山からもちかえり、石を置き、泉水までつくっている。三月十九日付の川那辺への手紙にも

「僕は今年になってだいぶよくなって来ました。久しぶりに机に向っていますが、五六年間書かないでいても、健康さえ取り戻せば、前よりも、もっとよく、もっと細かく深くかき得るようになっている自分を見出してよろこんでいます」と書いている。四月には、前年十二月から五十枚ほどの短篇に着手した旨を川合仁あての手紙で報じている。「経済情報」に入社した埴谷雄高の依頼により同誌政経篇六月号に「外米と農民」を発表、発売禁止となり、作品発表に自信を失う。しかし、川合仁にあてた十一月九日付の手紙によると、この頃は一日一時間ずつ執筆している。

一九四一年（昭和十六年）　四三歳

この時期にはからだの調子がかんばしくなかったようで執筆ままならぬ様子を次のように告白している。「疲れては休み、起きては、二三行書き、四五日休んで又一枚ほど書き、そんなふうにして、去る十二月に書きはじめた小説を、まだ机の抽出に入れて、（中略）何時間でもつゞけて書ける時間を持ちながら健康その他のことで、なか〳〵思うようにいきません」（五月二十三日付川那辺への手紙）。「これまでの仕事には、まだ自分が三分くらいしか出せていなかった気もする」ともらしている「短命長命」（筑摩書房『壺井栄作品集』にはさまれた「しおり4」――昭和三十一年六月二十日――中に収録）もこの年に書かれた。

一九四二年（昭和一七年）　四四歳

掲載雑誌不明の「四季とその折々」はこの頃、書かれたと考えられる。四月半ば以来、病気が悪化し肋膜炎を併発して、ひどく衰弱した。

一九四三年（昭和一八年）

三月二十六日付の川那辺への手紙で「今月はじめから頑固なかぜをひいて、弱っている上に、やられたので（喀血?）、めしもベッドへ持ってきてもらっている有様です」とその病状悪化を伝えている。そのような日頃でも気分のよい日には読書できたのだろうか、川那辺に田舎で本が入手できないことを訴えて、中央公論社版『東西六大画家』や瀧井孝作の短篇集を送ってくれるように依頼している。十月十七日、芦ノ浦の自宅で死亡した（四十四歳）。晩年、文通の多かった川那辺光一から依頼された色紙に、次のことばが書かれている（この色紙は結局、川那辺の手元には届かず遺品の中に残っていた）。

一山こゆれば　又一山
一峰こゆれば　又一峰
限りなき　道ぞたのしき
一八・四　伝治

これまでの伝治には想像もできない、おおらかな心境である。もう一枚の色紙（今はもうなくなっている）には、「歿我、応自然」の文字があったという。

（参考）
遺稿（いずれも小説）で執筆年月不明のもの＝「岬」（昭和二十四年「新日本文学」九月号に収録）、「貧農」（第二章までで中絶）、「狐（カべ小説）」、「傷病兵」、「瀬戸内海スケッチ」、「粟飯」（断稿）
掲載雑誌・執筆年月とも不明のもの＝「作家の信条」、「小豆島だより」

この年譜作成に当たっては、黒島一実氏より資料の提供をうけ、また、小田切秀雄氏、壺井繁治氏はじめ多くの方々から貴重なご助言をいただいた。なお、川那辺氏にあてた書翰は「小豆島文学」(6)（昭和三十年十一月）より引用させていただいた。ここにそのことを記して謝意を表する。

（作成・戎居士郎）

『黒島伝治全集』第三巻（一九七〇年、筑摩書

房刊）所収のこの年譜を再収録するにあたり、戎居士郎氏の遺されたメモおよび『定本黒島傳治全集』第五巻（二〇〇一年、勉誠出版刊）を参照いたしました。

（編集部）

著書目録

黒島伝治

【単行本】

豚群　文壇新人叢書　昭2・10　春陽堂
橇　昭3・8　改造社
氷河　日本プロレタリア傑作選集　昭5・1　日本評論社
パルチザン・ウォルコフ　現代暴露文学選集　昭5・3　天人社
秋の洪水　プロレタリア前衛小説戯曲新選集　昭5・5　塩川書房
雪のシベリア　現代暴露文学選集　昭5・6　天人社
浮動する地価　新鋭文学叢書　昭5・7　改造社
武装せる市街　昭5・11　日本評論社
軍隊日記　星の下を　昭30・1　理論社
瀬戸内海のスケッチ　平25・10　サウダージ・ブックス

【全集】

黒島伝治全集　全3巻　昭45・4〜8　筑摩書房
定本黒島傳治全集　全5巻　平13・7　勉誠出版
新興文学全集　日本篇　昭4　平凡社

第7
現代日本小説大系　第40巻　昭26 河出書房
昭和文学全集　第53巻　昭30 角川書店
日本プロレタリア小説集　第1巻　昭38 新日本出版社
日本文学全集　第71巻　昭39 新潮社
日本現代文学全集　第73巻　昭39 講談社
全集・現代文学の発見　第3巻　昭43 学芸書林
現代文学大系　第64巻　昭43 筑摩書房
日本文学全集　第44巻　昭44 集英社
日本短篇文学全集　第30巻　昭44 筑摩書房
日本の文学　第70巻　昭45 中央公論社
現代日本文学大系　第56巻　昭46 筑摩書房
戦争文学全集　第1巻　昭47 毎日新聞社
近代文学評論大系　第6巻　昭48 角川書店
コレクション　戦争と文学　第6巻　平23 集英社

【文庫】

渦巻ける鳥の群　他三篇　昭28 岩波文庫
（解＝壺井繁治）
橇・豚群（解＝佐藤静夫）　昭52 新日本文庫

【文庫】にアンソロジーは入れなかった。
（　）内の略号は解＝解説を示す。

（作成・編集部）

本書は『黒島伝治全集』全三巻（一九七〇年、筑摩書房刊）を底本とし、『定本黒島傳治全集』（二〇〇一年、勉誠出版刊）を参照して、明らかな誤りは正し、ルビを調整しました。なお作中にある表現で、今日から見れば明らかに不適切なものもありますが、作品の発表された時代背景、文学的価値などを考慮し、そのままとしました。よろしくご理解のほどお願いいたします。

橇《そり》／豚群《とんぐん》

黒島伝治《くろしまでんじ》

二〇一七年八月九日第一刷発行

発行者――鈴木 哲
発行所――株式会社 講談社
東京都文京区音羽2・12・21 〒112-8001
電話 編集（03）5395・3513
販売（03）5395・5817
業務（03）5395・3615

デザイン―菊地信義
印刷――豊国印刷株式会社
製本――株式会社国宝社
本文データ制作―講談社デジタル製作
2017, Printed in Japan
定価はカバーに表示してあります。

講談社
文芸文庫

ISBN978-4-06-290356-1

川端康成	反橋|しぐれ|たまゆら	竹西寛子—解／原 善—案
川端康成	浅草紅団|浅草祭	増田みず子—解／栗坪良樹—案
川端康成	非常|寒風|雪国抄 川端康成傑作短篇再発見	富岡幸一郎—解／川端香男里—年
川村二郎	アレゴリーの織物	三島憲—解／著者—年
川村 湊編	現代アイヌ文学作品選	川村 湊—解
川村 湊編	現代沖縄文学作品選	川村 湊—解
上林暁	白い屋形船|ブロンズの首	高橋英夫—解／保昌正夫—案
上林暁	聖ヨハネ病院にて|大懺悔	富岡幸一郎—解／津久井 隆—年
木下順二	本郷	高橋英夫—解／藤木宏幸—案
木下杢太郎	木下杢太郎随筆集	岩阪恵子—解／柿谷浩一—年
金達寿	金達寿小説集	廣瀬陽一—解／廣瀬陽一—年
木山捷平	氏神さま|春雨|耳学問	岩阪恵子—解／保昌正夫—案
木山捷平	白兎|苦いお茶|無門庵	岩阪恵子—解／保昌正夫—案
木山捷平	井伏鱒二|弥次郎兵衛|ななかまど	岩阪恵子—解／木山みさを—年
木山捷平	木山捷平全詩集	岩阪恵子—解／木山みさを—年
木山捷平	おじいさんの綴方|河骨|立冬	岩阪恵子—解／常盤新平—案
木山捷平	下駄にふる雨|月桂樹|赤い靴下	岩阪恵子—解／長部日出雄—案
木山捷平	角帯兵児帯|わが半生記	岩阪恵子—解／荒川洋治—案
木山捷平	鳴るは風鈴 木山捷平ユーモア小説選	坪内祐三—解／編集部—年
木山捷平	大陸の細道	吉本隆明—解／編集部—年
木山捷平	落葉|回転窓 木山捷平純情小説選	岩阪恵子—解／編集部—年
木山捷平	新編 日本の旅あちこち	岡崎武志—解
木山捷平	酔いざめ日記	
木山捷平	[ワイド版]長春五馬路	蜂飼 耳—解／編集部—年
清岡卓行	アカシヤの大連	宇佐美 斉—解／馬渡憲三郎—案
久坂葉子	幾度目かの最期 久坂葉子作品集	久坂部 羊—解／久米 勲—年
草野心平	口福無限	平松洋子—解／編集部—年
倉橋由美子	スミヤキストQの冒険	川村 湊—解／保昌正夫—案
倉橋由美子	蛇|愛の陰画	小池真理子—解／古屋美登里—年
黒井千次	群棲	高橋英夫—解／曾根博義—案
黒井千次	たまらん坂 武蔵野短篇集	辻井 喬—解／篠崎美生子—年
黒井千次	一日 夢の柵	三浦雅士—解／篠崎美生子—年
黒井千次選	「内向の世代」初期作品アンソロジー	
黒島伝治	橇|豚群	勝又 浩—人／戎居士郎—年

▶解=解説 案=作家案内 人=人と作品 年=年譜を示す。 2017年8月現在

講談社文芸文庫

幸田文——ちぎれ雲　中沢けい——人／藤本寿彦——年
幸田文——番茶菓子　勝又浩——人／藤本寿彦——年
幸田文——包む　荒川洋治——人／藤本寿彦——年
幸田文——草の花　池内紀——人／藤本寿彦——年
幸田文——駅|栗いくつ　鈴村和成——解／藤本寿彦——年
幸田文——猿のこしかけ　小林裕子——解／藤本寿彦——年
幸田文——回転どあ|東京と大阪と　藤本寿彦——解／藤本寿彦——年
幸田文——さざなみの日記　村松友視——解／藤本寿彦——年
幸田文——黒い裾　出久根達郎-解／藤本寿彦——年
幸田文——北愁　群ようこ——解／藤本寿彦——年
幸田露伴——運命|幽情記　川村二郎——解／登尾豊——案
幸田露伴——芭蕉入門　小澤實——解
幸田露伴——蒲生氏郷|武田信玄|今川義元　西川貴子——解／藤本寿彦——年
講談社編——東京オリンピック 文学者の見た世紀の祭典　高橋源一郎-解
講談社文芸文庫編-戦後短篇小説再発見 1 青春の光と影　川村湊——解
講談社文芸文庫編-戦後短篇小説再発見 2 性の根源へ　井口時男——解
講談社文芸文庫編-戦後短篇小説再発見 3 さまざまな恋愛　清水良典——解
講談社文芸文庫編-戦後短篇小説再発見 4 漂流する家族　富岡幸一郎-解
講談社文芸文庫編-戦後短篇小説再発見 5 生と死の光景　川村湊——解
講談社文芸文庫編-戦後短篇小説再発見 6 変貌する都市　富岡幸一郎-解
講談社文芸文庫編-戦後短篇小説再発見 7 故郷と異郷の幻影　川村湊——解
講談社文芸文庫編-戦後短篇小説再発見 8 歴史の証言　井口時男——解
講談社文芸文庫編-戦後短篇小説再発見 9 政治と革命　井口時男——解
講談社文芸文庫編-戦後短篇小説再発見 10 表現の冒険　清水良典——解
講談社文芸文庫編-第三の新人名作選　富岡幸一郎-解
講談社文芸文庫編-個人全集月報集 安岡章太郎全集・吉行淳之介全集・庄野潤三全集
講談社文芸文庫編-昭和戦前傑作落語選集　柳家権太楼-解
講談社文芸文庫編-追悼の文学史
講談社文芸文庫編-大東京繁昌記 下町篇　川本三郎——解
講談社文芸文庫編-大東京繁昌記 山手篇　森まゆみ——解
講談社文芸文庫編-昭和戦前傑作落語選集 伝説の名人編　林家彦いち-解
講談社文芸文庫編-個人全集月報集 藤枝静男著作集・永井龍男全集
講談社文芸文庫編-『少年倶楽部』短篇選　杉山亮——解
講談社文芸文庫編-福島の文学 11人の作家　宍戸芳夫——解

講談社文芸文庫

講談社文芸文庫編	個人全集月報集 円地文子文庫・円地文子全集・佐多稲子全集・宇野千代全集	
講談社文芸文庫編	妻を失う 離別作品集	富岡幸一郎―解
講談社文芸文庫編	『少年倶楽部』熱血・痛快・時代短篇選	講談社文芸文庫―解
講談社文芸文庫編	素描 埴谷雄高を語る	
講談社文芸文庫編	戦争小説短篇名作選	若松英輔―解
講談社文芸文庫編	「現代の文学」月報集	
講談社文芸文庫編	明治深刻悲惨小説集 齋藤秀昭選	齋藤秀昭―解
講談社文芸文庫編	個人全集月報集 武田百合子全作品・森茉莉全集	
河野多惠子	骨の肉｜最後の時｜砂の檻	川村二郎―解／与那覇恵子―案
小島信夫	抱擁家族	大橋健三郎―解／保昌正夫―案
小島信夫	うるわしき日々	千石英世―解／岡田 啓―年
小島信夫	美濃	保坂和志―解／柿谷浩一―年
小島信夫	公園｜卒業式 小島信夫初期作品集	佐々木 敦―解／柿谷浩一―年
小島信夫	靴の話｜眼 小島信夫家族小説集	青木淳悟―解／柿谷浩一―年
小島信夫	城壁｜星 小島信夫戦争小説集	大澤信亮―解／柿谷浩一―年
小島信夫	[ワイド版]抱擁家族	大橋健三郎―解／保昌正夫―案
後藤明生	挾み撃ち	武田信明―解／著者―年
後藤明生	首塚の上のアドバルーン	芳川泰久―解／著者―年
小林 勇	惜櫟荘主人 一つの岩波茂雄伝	高田 宏―人／小林堯彦他―年
小林信彦	[ワイド版]袋小路の休日	坪内祐三―解／著者―年
小林秀雄	栗の樹	秋山 駿―人／吉田凞生―年
小林秀雄	小林秀雄対話集	秋山 駿―解／吉田凞生―年
小林秀雄	小林秀雄全文芸時評集 上・下	山城むつみ―解／吉田凞生―年
小林秀雄	[ワイド版]小林秀雄対話集	秋山 駿―解／吉田凞生―年
小堀杏奴	朽葉色のショール	小尾俊人―解／小尾俊人―年
小山 清	日日の麵麭｜風貌 小山清作品集	田中良彦―解／田中良彦―年
佐伯一麦	ショート・サーキット 佐伯一麦初期作品集	福田和也―解／二瓶浩明―年
佐伯一麦	日和山 佐伯一麦自選短篇集	阿部公彦―解／著者―年
佐伯一麦	ノルゲ Norge	三浦雅士―解／著者―年
坂上 弘	田園風景	佐伯一麦―解／田谷良一―年
坂上 弘	故人	若松英輔―解／田谷良一、吉原洋一―年
坂口安吾	風と光と二十の私と	川村 湊―解／関井光男―案
坂口安吾	桜の森の満開の下	川村 湊―解／和田博文―案
坂口安吾	白痴｜青鬼の褌を洗う女	川村 湊―解／原 子朗―案

講談社文芸文庫

坂口安吾—信長|イノチガケ	川村 湊——解／神谷忠孝——案
坂口安吾—オモチャ箱|狂人遺書	川村 湊——解／荻野アンナ-案
坂口安吾—日本文化私観 坂口安吾エッセイ選	川村 湊——解／若月忠信——年
坂口安吾—教祖の文学|不良少年とキリスト 坂口安吾エッセイ選	川村 湊——解／若月忠信——年
阪田寛夫—うるわしきあさも 阪田寛夫短篇集	高橋英夫—解／伊藤英治——年
佐々木邦—凡人伝	岡崎武志—解
佐々木邦—苦心の学友 少年倶楽部名作選	松井和男—解
佐多稲子—樹影	小田切秀雄-解／林 淑 美——案
佐多稲子—月の宴	佐々木基—人／佐多稲子研究会-年
佐多稲子—夏の栞 —中野重治をおくる—	山城むつみ-解／佐多稲子研究会-年
佐多稲子—私の東京地図	川本三郎—解／佐多稲子研究会-年
佐多稲子—私の長崎地図	長谷川 啓—解／佐多稲子研究会-年
佐藤紅緑—ああ玉杯に花うけて 少年倶楽部名作選	紀田順一郎-解
佐藤春夫—わんぱく時代	佐藤洋二郎-解／牛山百合子-年
里見弴——恋ごころ 里見弴短篇集	丸谷才一——解／武藤康史——年
里見弴——朝夕 感想・随筆集	伊藤玄二郎-解／武藤康史——年
里見弴——荊棘の冠	伊藤玄二郎-解／武藤康史——年
澤田謙——プリューターク英雄伝	中村伸二——年
椎名麟三—自由の彼方で	宮内 豊——解／斎藤末弘——案
椎名麟三—神の道化師|媒妁人 椎名麟三短篇集	井口時男—解／斎藤末弘——年
椎名麟三—深夜の酒宴|美しい女	井口時男—解／斎藤末弘——年
島尾敏雄—その夏の今は|夢の中での日常	吉本隆明—解／紅野敏郎——案
島尾敏雄—はまべのうた|ロング・ロング・アゴウ	川村 湊——解／柘植光彦——案
島尾敏雄—夢屑	富岡幸一郎-解／柿谷浩一——年
島田雅彦—ミイラになるまで 島田雅彦初期短篇集	青山七恵—解／佐藤康智——年
志村ふくみ-一色一生	高橋 巖——人／著者————年
庄野英二—ロッテルダムの灯	著者————年
庄野潤三—夕べの雲	阪田寛夫—解／助川徳是——案
庄野潤三—絵合せ	饗庭孝男—解／鷺 只雄——案
庄野潤三—インド綿の服	齋藤礎英—解／助川徳是——年
庄野潤三—ピアノの音	齋藤礎英—解／助川徳是——年
庄野潤三—野菜讃歌	佐伯一麦—解／助川徳是——年
庄野潤三—野鴨	小池昌代—解／助川徳是——年
庄野潤三—陽気なクラウン・オフィス・ロウ	井内雄四郎-解／助川徳是——年

講談社文芸文庫

黒島伝治
橇／豚群
人と作品＝勝又 浩　年譜＝戎居士郎

プロレタリア文学運動の潮流の中で、写実的な文章と複眼的想像力によって農民、労働者の暮らしや戦争の現実を活写した著者の、時代を超えた輝きを放つ傑作集。

くJ1
978-4-06-290356-1

ヘンリー・ジェイムズ　行方昭夫 訳
ヘンリー・ジェイムズ傑作選
解説＝行方昭夫　年譜＝行方昭夫

二十世紀文学の礎を築き、「心理小説」の先駆者として数多の傑作を著したジェイムズの、リーダブルで多彩な魅力を伝える全五篇。正確で流麗な翻訳による決定版。

シA5
978-4-06-290357-8

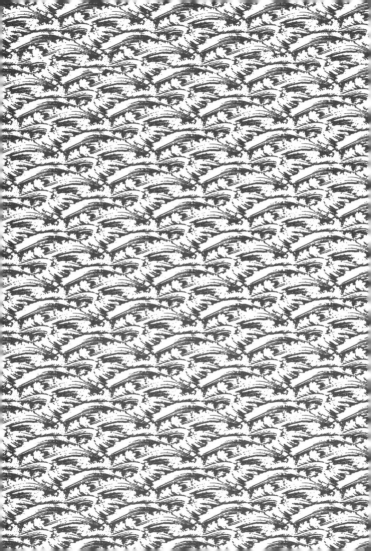